A LIBERTAÇÃO DOS BICHOS

TRADUÇÃO CRIATIVAMENTE ADAPTADA
DO CLÁSSICO A REVOLUÇÃO DOS BICHOS

(PORQUE NÃO SÃO OS PORCOS OS RESPONSÁVEIS
PELOS TOTALITARISMOS DO SÉC. XXI)

LEANDRO FRANZ

A LIBERTAÇÃO DOS BICHOS

UMA TRADUÇÃO ADAPTADA E MODERNIZADA DO CLÁSSICO DE GEORGE ORWELL

Diretor Editorial | Gustavo Abreu
Diretor Administrativo | Júnior Gaudereto
Diretor Financeiro | Cláudio Macedo
Logística | Daniel Abreu
Comunicação e Marketing | Carol Pires
Assistente Editorial | Matteos Moreno e Maria Eduarda Paixão
Designer Editorial | Gustavo Zeferino e Luís Otávio Ferreira
Imagens da capa | Unsplash

Dados Internacionais de Catalogação na Publicação (CIP) de acordo com ISBD

F837l Franz, Leandro

A libertação dos bichos / Leandro Franz. - Belo Horizonte, MG : Letramento, 2023.
98 p. ; 14cm x 21cm.

ISBN: 978-65-5932-278-7

1. Literatura brasileira. 2. Ficção. I. Título.

CDD 869.8992
2023-26 CDU 821.134.3(81)

Elaborado por Vagner Rodolfo da Silva - CRB-8/9410

Índice para catálogo sistemático:
1. Literatura brasileira : Ficção 869.8992
2. Literatura brasileira : Ficção 821.134.3(81)

Rua Magnólia, 1086 | Bairro Caiçara
Belo Horizonte, Minas Gerais | CEP 30770-020
Telefone 31 3327-5771

editoraletramento.com.br • contato@editoraletramento.com.br • editoracasadodireito.com

SUMÁRIO

PREFÁCIO DO AUTOR

A releitura de clássicos é uma conversa que atravessa o tempo e o espaço, um diálogo que busca resgatar essências universais e conectá-las com o público e o contexto do local.

O desenho da Bela Adormecida da Disney, lançado em 1959, é uma adaptação da história dos Irmãos Grimm publicada em 1812, que é uma adaptação da história de Charles Perrault de 1697, que é uma adaptação da história do italiano Giambattista Basile de 1634, que certamente o adaptou de algum conto anterior...

Como diz o ditado "quem conta um conto, aumenta um ponto". Então cada versão muda um pouco a história: uma traz 12 fadas, outra só 3; em uma, a história não termina com o casamento, continua a partir dali; em algumas versões, há canibalismo, em outras, até necrofilia; na versão da Disney, o príncipe pode até "parecer encantado", na de Basile, era um grande criminoso.

Outro exemplo com origem mais longínqua é a Cinderela: uma madrasta proíbe a heroína de ir ao baile para garantir o brilho de suas outras filhas, não tão bonitas; a heroína consegue apoio de seres mágicos, vai ao baile, foge ao ser descoberta e perde um dos sapatos na fuga; um príncipe o encontra, sai em busca da dona e se apaixona por aquela única que tem o pé do tamanho certo.

Seria da Disney essa história, certo? Errado! Trata-se um conto chinês do ano 850. Na verdade, a essência dessa narrativa possui mais de 345 versões catalogadas ao longo da história. Em 77 delas, não era a madrasta que maltratava a protagonista, mas o próprio pai (incluindo até incesto). As mudanças também trazem temperos regionais: em uma versão filipina, é um caranguejo mágico que a ajuda a calçar não um sapatinho, mas um chinelo!; numa versão sérvia, é uma vaca mágica que a ajuda; em versões alemãs e turcas, a Cinderela é (vejam só)... um homem.

"A fábula, qualquer que seja sua origem, está sujeita a absorver alguma coisa do lugar em que é narrada – uma paisagem, um costume, uma moral, ou então apenas um vago sotaque ou sabor daquela região", diz Ítalo Calvino.

Em 2019, lancei "A Pequena Princesa" pela Editora Letramento, uma tradução adaptada de um dos maiores clássicos da literatura mundial (que só perde para a Bíblia em número de traduções). Comecei a traduzir essa nova versão do Pequeno Príncipe mais como um exercício de escrita criativa. Uma brincadeira de "e se?"... E se, em vez de um aviador que cai no deserto, tivéssemos uma astronauta que cai em Marte? Estamos a menos de dez anos da primeira viagem tripulada ao planeta vermelho. Se escrevesse o livro agora no século XXI, será que Saint-Exupéry, apaixonado por aviação, não teria ousado uma viagem pelo espaço?

Durante a tradução, eu me sentia colaborando com o autor nesse que é um dos meus livros favoritos na infância. "Co-laborar", palavra tão na moda hoje, é trabalhar junto, é buscar saídas para problemas por meio do diálogo, da troca de ideias tão necessária no mundo. Os romanos criaram seus mitos colaborando com os gregos e assim adaptaram para Dionísio o deus do vinho Baco e transformaram Ares, deus da colheita e da guerra, em Marte.

Enquanto me apoiava nos ombros desse gigante chamado Antoine de Saint-Exupéry, eu sentia uma emoção boa, a escrita fluía e as ideias pipocavam. E se, em vez de um príncipe, tivéssemos uma princesa como protagonista? E se adicionássemos mais conceitos de astrofísica? E se inseríssemos tecnologia do dia a dia dos jovens de hoje na história? Era como se conversássemos sobre nossas escolhas, decidindo em conjunto o que modificar, ou excluir ou adicionar.

Acredito que ele acharia interessante o resultado em que chegamos juntos no livro adaptado. Seus diálogos, ensinamentos e frases inesquecíveis permaneceram (ele bateu o pé sobre isso!), mas incluindo temperos, situações, cenários, personagens e até um final diferente. Inclusive com final abrasileirado e machadiano...

Agora, em "co-laboração" com Orwell neste outro clássico, senti a mesma alegria de dialogar com o autor enquanto fazia a tradução e as pequenas adaptações desta versão. Novamente, mantive os diálogos, mensagens e cenas clássicas. Posso dizer que a tradução está 98% integral, apenas com 2% de personagens, locais e algumas situações mais abrasileiradas e modernas. E isso faz toda a diferença.

Tenho certeza (ou esperança?) de que Orwell se orgulharia desta adaptação. Também espero que vocês, pessoas leitoras, também gostem da releitura. A mensagem da revolução (ou libertação?) está intacta e mais atual do que nunca.

SOBRE A ADAPTAÇÃO

Para comparação entre as versões, seguem os 2% de adaptações feitas durante a tradução. Indico às pessoas leitoras que deixem para ler após finalizarem o livro. De toda maneira, não há grandes "spoilers" se já quiserem matar a curiosidade...

- Em vez de porcos, o gado é quem faz a Libertação, para trazer a um contexto mais brasileiro (temos mais de 200 milhões de cabeças de gado sendo criadas contra "apenas" 40 milhões de porcos no Brasil).
- No lugar de ovelhas, optei por cabras (possuem quase o mesmo tamanho de rebanho, próximo a 10 milhões, e foi possível trabalhar com a ideia de leite de cabra, mais popular).
- Nas cenas em que as vacas seriam ordenhadas, substituí por cabras. Assim, após a Libertação, o gado toma leite de cabra e se dá ao luxo de explorá-las e não produzir seu próprio leite (mais uma semelhança com os humanos).
- No original, os porcos roubam os leites das vacas. Com a troca acima, é a própria "classe/espécie" que acaba não produzindo nem dividindo com os demais, e ainda explorando uma "espécie/classe" mais fraca.
- O inspirador da Libertação, em vez de ser um porco de exibição, é um boi rapper (ele que compõe o hino da revolução). O ritmo da música original era uma "mistura de clementine e cucaracha", mudei para hip hop e sertanejo.
- A letra da música foi abrasileirada e chamada de "Bicharada do Brasil" e não "Beasts of England".
- No original, os bichos revolucionários leem livro sobre as conquistas de Julio César. Tropicalizei para que lessem os

Sertões, para estudarem sobre Canudos. Outros livros durante o texto também sofreram ajustes criativos nos títulos.

- Adaptei as plantações para aquelas mais predominantes na produção brasileira (soja e milho).
- Foram adicionados 6 meses às datas citadas, assim refletimos as estações corretas de verão/colheita no Brasil.
- O uísque virou cachaça.
- As mentiras de corvino viraram "fake news", termo que domina as discussões políticas nesta última década.
- Troquei Coopers Hill, Willingdon BN20 9JD (que fica no Sul da Inglaterra) por uma cidade no Sul do Brasil, próxima de onde meu pai nasceu (curiosamente meu avô tinha uma pequena roça parecida com essa do livro, com algumas vacas, galinhas, porcos e outros animais). A cidade é Chapecó, conhecida como "Capital da Agroindústria" e capital do peru.
- Em alguns momentos, troquei patos por perus para destacar Chapecó (um comitê de ovelhas também foi trocado por um de aves).
- Quebrei alguns poucos parágrafos para dar ritmo e facilitar leitura. Foram bem poucos mesmo, sem prejudicar o estilo de Orwell. Exceto por essa diagramação de parágrafos, e por alguns raros casos em que cortei partes mínimas de algumas descrições, o estilo do original foi mantido totalmente.
- Em homenagem à editora, inseri aula de Letramento (em vez de "leitura e escrita") em um momento da história.
- Coloquei que o burro Nero não era fã de muitas letras, só livros com figuras. Porque... né?
- O cão Marujo dá cria, sim. Marujo é nome social.
- Troquei pombos por papagaios, que espiam as redondezas, espalham notícias e voltam para contar novidades.
- Inseri saguis ajudando na resistência (assim como araras e papagaios) para representar/valorizar nossas florestas.

- Mudei a data da grande "Batalha do Estábulo" para 22 de abril – dia da invasão dos portugueses (no original era 12 de outubro – Columbus Day).
- Troquei um grupo de ovelhas por leitões. São eles que interrompem debates gritando o lema de Lampião. Você já ouviu um leitão berrar? Busque algum vídeo no Youtube.
- Como moinhos de vento são mais raros no Brasil, troquei por torre de energia eólica (com tecnologia chinesa para aproveitar o contexto). A torre foi chamada de Belovento. Porque... né?
- Lampião no início tem resistência à China (depois aceita).
- Algumas ferramentas que o original cita, e muito antigas para as fazendas de hoje, foram substituídas por outras mais modernas.
- No final, o gado já está usando smartphones e lendo jornais na internet (no original, há essa ênfase de mostrar como estão iguais aos humanos). Inclusive, redes sociais são parte do trabalho do gado. Porque... né? (e chega dessa piada).
- Lampião trai os bichos e faz um acordo comercial com "fazendas vizinhas e com o centrão, com tudo". Mais brasileiro que isso...
- Por fim, mas não menos importante: Orwell utiliza o termo "Rebelião" no original, mas as traduções brasileiras clássicas optaram por "Revolução" (que é como todos conhecem o título do livro).
  - Escolhi "Libertação", pois traz de volta o grande propósito da união dos animais contra os humanos. E, também, como uma homenagem a outro clássico da literatura com animais, o livro "Libertação Animal", do filósofo Peter Singer. Seu livro foi lançado em 1975, exatos 30 anos após o de Orwell, e relata todas as crueldades nos bastidores da pecuária. É tido como um dos mais influentes na construção do movimento de defesa dos animais e recomendo demais sua leitura.

Para se guiar sobre os personagens (e suas adaptações)

Nomes dos locais:

Manor Farm – Fazenda Iporã

Alfred abatedouro – Zé da Mata, abatedouro

Inglaterra – Brasil

Sugar Candy mountain – Pão de Açúcar

Nomes dos animais humanos:

Mr. Jones – Seu Miguel

"Esposa sem nome de Mr. Jones" – Celina (esposa, obviamente, agora com nome)

Pilkinton – Seu Moacir (da Fazenda Aurora)

Frederick – Velho Ageu (do Rancho Jacarezinho)

Mr. Whimper – General Trampf (pense num general laranja)

NOMES DOS ANIMAIS NÃO HUMANOS:

GADO

Old Major – Papa Juca
Snowball – Maria Bonita (troquei gênero)
Napoleão – Lampião
Squealer – Armínia (troquei gênero)
Minimus – Olavete (poeta)
Pinkeye – Estalinho (prova comida de Lampião)

CÃES

Bluebell – Baleia
Jessie – Marujo (nome social)
Pincher – Magrão

CAVALOS

Boxer – Maguila
Clover – Olívia
Mollie – Damyris

OUTROS

Muriel – Lupi (cabra)

Benjamim – Nero (burro)

Moses – "Beethoven" (papagaio)

Gato sem nome – Muji (um gato, obviamente, e agora, também obviamente, com nome)

CAPÍTULO 1.

Seu Miguel, dono da Fazenda Iporã, tinha trancado a porta do galinheiro, mas estava muito bêbado para se lembrar de fechar algumas das aberturas. Com a luz de sua lanterna dançando de um lado a outro no breu noturno, ele cambaleou até sua casa, descalçou as botas na porta dos fundos, tomou um último gole de cerveja e se jogou na cama, onde sua esposa Celina já roncava.

Assim que a luz do seu quarto se apagou, iniciou-se uma agitação por toda a fazenda. O assunto do dia fora que Papa Juca, premiado boi rapper-repentista, tivera um sonho estranho na noite anterior e queria compartilhar com todos. Ficou combinado de se encontrarem no grande celeiro assim que o Seu Miguel estivesse fora do caminho. Papa Juca (sempre chamado assim, embora nos shows fosse conhecido como MC Pejota) era tão admirado na fazenda, verdadeiro popstar, que ninguém se importaria de perder uma hora de sono para ouvir suas valiosas rimas.

Em um canto elevado do celeiro, Papa Juca acomodava-se sobre uma cama de feno iluminado por um lampião. Tinha doze anos de idade e engordara um pouco ultimamente, mas ainda se apresentava como um imponente sábio, ainda que com chifres pouco afiados. Sem demora, os animais começaram a chegar e encontrar lugares para ouvir a palestra.

Primeiro, vieram os três cães, Baleia, Marujo e Magrão, seguidos pelas vacas, que se deitaram imediatamente em frente ao palco. As galinhas se acomodaram nas janelas junto aos papagaios. As cabras e os porcos ficaram atrás do gado mastigando feno. Os dois cavalos puxadores de carroça, Maguila e Olívia, chegaram lentamente e se deitaram cuidando para não machucar nenhum animalzinho da audiência perdido no meio da palha. Olívia era uma égua de meia idade que perdera muito da força após sua quarta cria. Maguila era um cavalão enorme, valia por dois. Uma faixa branca abaixo de seu focinho lhe dava uma aparência de burro, e realmente não era dos mais inteligentes, mas era universalmente respeitado por seu caráter e força no trabalho.

Após os cavalos, vieram Lupi, uma cabra branca, e Nero, o burro. Nero era o mais velho e rabugento da fazenda. Raramente falava e, quando o fazia, era com ironia e ódio – por exemplo, diria que Deus lhe dera um rabo para espantar moscas, mas preferia um mundo sem moscas, assim também abdicaria de ter rabo para espantá-las. Solitário, nunca sorria. Se perguntado, diria que não havia motivo para sorrir. Ainda assim, mesmo sem admitir abertamente, gostava de Maguila; os dois costumavam passar os domingos atrás do pomar pastando juntos em silêncio.

Os dois cavalos tinham acabado de se deitar quando uma ninhada de patos, que havia perdido a mãe, entrou no celeiro em busca de um lugar seguro onde não fosse esmagada. Olívia os protegeu com seus cascos, os patinhos se acomodaram e imediatamente dormiram. Quase atrasada, chegou Damyris, a égua branca e exibida que puxava a carroça do Seu Miguel, mastigando um cubo de açúcar. Ela escolheu um lugar bem na frente, jogando sua crina branca de um lado ao outro, buscando chamar atenção aos laços vermelhos que trazia. Por último, chegou o gato Muji à procura, como sempre, do local mais quentinho e se meteu entre Maguila e Olívia; ali ronronou durante todo o discurso do Papa sem ouvir uma palavra do que ele dizia.

Todos os animais estavam presentes exceto Beethoven, o papagaio amestrado, que dormia na varanda. Quando Papa viu todos acomodados e atentos, limpou a garganta e começou:

– Camaradas, vejo que já ouviram a fofoca do meu sonho. Mas falarei dele mais adiante. Tenho algo a dizer antes. Não acredito, camaradas, que estarei com vocês por muitos meses mais e, antes de morrer, é meu dever lhes passar um pouco da sabedoria que adquiri. Tive uma vida longa, muito tempo para pensar, e ouso dizer que compreendi o sentido da vida. É sobre isso que desejo falar.

"Então, camaradas, por que vivemos? Sejamos honestos: nossas vidas são curtas, miseráveis e com trabalho pesado. Nascemos, recebemos um mínimo de alimento para pararmos em pé, e aqueles mais fortinhos são forçados a trabalhar até a exaustão; e, quando perdemos utilidade, somos abatidos com uma crueldade nojenta. Nenhum animal no Brasil sabe o que significa felicidade ou lazer após completar um ano de idade. Nenhum animal no Brasil é livre. Nossas vidas são feitas de miséria e escravidão: essa é a crua verdade.

"Mas seria isso simplesmente a ordem natural das coisas? É porque nosso país é pobre que não temos uma vida decente? Não, camaradas, mil vezes não! O Brasil é rico, o clima é bom, produzimos riquezas mais que o suficiente para toda a população. Essa simples fazenda em que vivemos alimentaria uma dúzia de cavalos, vinte porcos, centenas de cabeças de gado, todos vivendo em um conforto e dignidade inimagináveis.

"Então por que continuamos na miséria? Porque quase tudo o que produzimos é roubado pelos humanos. Essa, camaradas, é a resposta a todos os nossos problemas. Resumindo em uma palavra: Humanos. Os animais humanos são nossos únicos reais inimigos. Sumam com eles e a origem da fome e da exploração será derrotada para sempre.

"Os animais humanos são os únicos que consomem sem produzir. Eles não dão leite, nem põem ovos, são fracos para puxar o arado, lentos para caçarem coelhos. Ainda assim, eles se sentem nossos reis. E nos mandam ao trabalho em troca do mínimo só para não morrermos de fome, guardam todo o resto para eles.

"Nosso trabalho que prepara o solo, nossas fezes o fertilizam, e ainda assim não há ninguém aqui dono de nada. Vocês, vacas e cabras, que vejo perante a mim, quantos milhares de litros de leite não produziram no último ano? O que foi feito com todo aquele leite que deveria alimentar seus filhos? Cada gota foi parar na goela dos inimigos.

"E vocês, galinhas, quantos ovos puseram e quantos viraram pintinhos? Todo o resto foi parar na feira para gerar dinheiro ao Miguel e seus comparsas. E você, Olívia, cadê seus quatro filhos que deveriam agora te ajudar na velhice? Foram vendidos ainda crianças, você nunca mais os verá na vida. E o que você ganhou em troca de tanto trabalho, exceto uma ração nojenta e um lugar no estábulo?

"E mesmo essas vidas miseráveis em que vivemos, nem nos deixam aproveitá-las até o final. Eu até que fui sortudo, tenho doze anos e mais de quatrocentos filhos. Esse é o ciclo natural de uma vida de gado. Mas nenhum animal escapa de terminar na faca. Vocês, porquinhos, cada um de vocês irá berrar implorando pela vida em poucos meses. Todos somos destinados a esse horror – vacas, porcos, galinhas, cabras, todos.

"Mesmo os cavalos e cachorros não têm muito mais sorte. Você, Maguila, o dia que perder seus músculos, Seu Miguel vai vendê-lo ao açougue para fazerem picadinho. E os cachorros, quando envelhecerem desdentados, Seu Miguel vai amarrar um tijolo no pescoço e afogar cada um no rio.

"Não ficou claro, então, camaradas, que todos os males da nossa vida vêm da tirania dos animais humanos? É só nos livrarmos deles que ficaremos com toda a produção do nosso trabalho. Do dia para a noite, ficaríamos ricos e livres. O que então devemos fazer? Trabalhar noite e dia, de corpo e alma, para derrubar a espécie humana! Esse é meu recado para vocês, camaradas: Libertação!

"Não imagino quando ela virá, pode ser em uma semana ou em cem anos, mas tenho certeza de que cedo ou tarde a justiça será feita. Foquem nisso, camaradas, durante todo o restante de suas breves vidas! E acima de tudo passem a mensagem adiante, para que as futuras gerações possam continuar o esforço até sairmos vitoriosos.

"E lembrem-se, camaradas, sem fraquejar. Nenhum argumento deve desviá-los do caminho. Ignorem quando ouvirem que animais humanos e animais não humanos possuem um interesse comum, que há um ganha-ganha, que a prosperidade de um é também a do outro. Tudo mentira. Os humanos só pensam neles. Que nós fiquemos unidos, perfeita camaradagem na luta. Todos os homens são inimigos. Todos os animais são camaradas".

Nesse momento houve um grande alvoroço. Enquanto Papa falava, quatro ratazanas saíram de seus esconderijos e ouviam com atenção o discurso. Os cães de repente as viram e foi por um triz que se salvaram disparando de volta para seus buracos. Papa exigiu silêncio:

– Camaradas, essa é uma decisão importante. Os animais selvagens, como ratos e coelhos, são amigos ou inimigos? Façamos uma votação. Proponho essa questão aos presentes: ratos são camaradas?

A votação foi realizada de imediato e, com imensa maioria, ficou acordado que ratos eram camaradas. Apenas quatro animais votaram contra: os três cães e o gato Muji, que posteriormente admitiu ter votado para os dois lados.

Papa continuou:

– Tenho pouco a adicionar. Apenas reforço, lembrem-se sempre de irem contra os humanos e seus desmandos. Qualquer um que ande com duas patas é inimigo. Qualquer um com quatro patas, ou com asas, é amigo. E lembrem-se também de que, na luta contra os humanos, não devemos ficar parecidos com eles. Mesmo quando os derrotarem, não adotem seus vícios.

"Nenhum animal deve jamais viver em uma casa, ou dormir em camas, ou vestir roupas, ou beber álcool, ou fumar, ou pegar dinheiro, ou realizar comércio. Todos os hábitos humanos são do demônio. E, acima de tudo, nenhum animal deve jamais oprimir seus semelhantes. Fraco ou forte, inteligente ou não, todo mundo é irmão. Nenhum animal deve jamais matar outro. Somos todos iguais.

"E agora, camaradas, vou contar o sonho que tive essa noite. Nem consigo descrevê-lo. Era um mundo onde os humanos haviam sumido. Mas me recordou de algo que há tempo eu não lembrava. Muitos anos atrás, quando eu era pequeno, minha mãe e outras vacas costumavam cantar uma antiga música em que elas sabiam apenas a melodia e as primeiras três palavras.

"Na época, eu sabia cantar certinho a melodia, mas fazia tempo que nem lembrava mais. Entretanto, na noite passada, a música apareceu no sonho. E ainda melhor, a letra também – versos que, tenho certeza, eram cantados por animais desde a antiguidade e se perderam durante a história. Vou cantar para vocês, camaradas. Estou velho e minha voz é rouca, mas depois, quando aprenderem o tom, poderão cantar melhor. O nome é 'Bicharada do Brasil'".

Papa Juca limpou a garganta e começou a cantar. Como ele disse, sua voz era rouca, mas ele cantou bem o suficiente, e era uma melodia animada, mistura de hip-hop e sertanejo. A letra era:

Bicharada do Brasil, de Norte a Sul
De toda terra e clima
Se liguem na mensagem
De um futuro alegre e pra cima

Em breve, chegará o dia
De derrubar a tirania
E, no Brasil, terras e canaviais
Serão só dos animais

Sem grampos nas orelhas
Selas e esporas vão enferrujar
Não haverá quem nos acorrente
Nem tente nos chicotear

Ricos além da imaginação
Soja, banana, maçã e caqui
Café, laranja, arroz e feijão
Serão nossos a partir dali

Os campos brasileiros brilharão
Nossa água será pura
Mais doce será o verão
Quando cair a ditadura

Para que esse dia chegue
Precisamos muito trabalhar
Gado, porcos, cavalos, galinhas
Unidos para nos libertar

Bicharada do Brasil, de Norte a Sul,
De toda terra e clima
Se liguem na mensagem
De um futuro alegre e pra cima

Os animais foram ao delírio cantando juntos. Pouco antes de Papa chegar ao final, eles já improvisavam sozinhos. Até os menos inteligentes pegaram o ritmo e partes da letra. Os mais intelectuais, como porcos e cães, decoraram a música inteira em poucos minutos. Após alguns ensaios, a fazenda inteira cantava "Bicharada do Brasil" em uníssono. O gado mugia, os cães latiam, os cavalos relinchavam, as galinhas cacarejavam no mesmo compasso. Estavam tão contentes com a música que repetiram cinco vezes em sequência, e teriam continuado a noite toda se não fossem interrompidos.

Infelizmente, a algazarra acordou Seu Miguel, que pulou da cama certo de ter uma onça no quintal. Agarrou a espingarda, que sempre ficava num canto do quarto, e atirou diversas vezes na escuridão. As balas cravaram as paredes do celeiro interrompendo a reunião imediatamente. Todos fugiram para seus aposentos. As galinhas correram para a granja, o gado se deitou na palha e, num minuto, toda a fazenda já roncava.

CAPÍTULO 2.

Três noites depois, Papa Juca morreu serenamente dormindo. Seu corpo foi enterrado sob o pomar.

Isso foi no início de setembro. Durante os três meses seguintes, houve bastante atividade secreta. O discurso de Papa trouxera uma visão de mundo completamente nova aos animais mais inteligentes. Não sabiam quando a Libertação prevista pelo Papa aconteceria, não havia razão para pensarem que ocorreria durante suas curtas vidas, mas viam claramente que era um dever prepará-la. O trabalho de ensinar e organizar os demais caiu naturalmente ao gado, que se achava a espécie mais inteligente.

A dupla de maior destaque eram os jovens Maria Bonita e Lampião, que Seu Miguel pretendia vender em breve. Lampião era um grande boi com cara de mau, o único puro sangue na fazenda, não falava muito, mas tinha reputação de sempre conseguir o que queria. Maria Bonita era mais animada que Lampião, era criativa e de raciocínio rápido, mas com menos respeito da bicharada.

O restante dos bovinos era gado comum e seguidor de ordens. Uma exceção era uma vaquinha raquítica chamada Armínia, idosa e de olheiras fundas, voz aguda e raivosa. Era uma grande oradora e, quando argumentava algo difícil, tinha costume de cuspir e esbravejar, de maneira que sempre convencia os demais. A bicharada até dizia que Armínia era capaz de convencer todos de que dois mais dois dava cinco.

Esse trio havia organizado os ensinamentos de Papa Juca em um sistema filosófico completo, que foi batizado de Animalismo. Muitas noites da semana, após Seu Miguel cair no sono, eles tinham encontros secretos no celeiro e pregavam os princípios do Animalismo aos demais. No início, quase desanimaram com a apatia e estupidez da bicharada. Alguns se diziam fiéis ao Seu Miguel, a quem chamavam de "Mestre", outros falavam besteiras como "Seu Miguel nos alimenta. Se ele sumir, morreríamos de fome". Surgiam também questionamentos como "por que devemos nos preocupar com o que acontece após nossa morte?" ou "se essa Libertação vai acontecer de todo jeito como está na profecia, pra que nos esforçarmos agora?", e o trio tinha grande dificuldade de convencer todos sobre os princípios do Animalismo. As perguntas mais bestas eram de Damyris, a égua branca. Sua primeira dúvida para Maria Bonita foi: "ainda haverá açúcar para comer após a Libertação?"

– Não – disse Maria com firmeza. – Não temos como fazer açúcar nessa fazenda, não plantamos cana. Mas você nem precisa de açúcar, faz mal para a saúde, pode comer toda soja que quiser.

– E poderei usar fitas coloridas na minha crina? – perguntou Damyris.

– Camarada – respondeu Maria –, essas suas fitas queridas são um atestado de sua escravidão. Não percebe que a liberdade vale muito mais que perfumarias?

Damyris disse concordar, mesmo não parecendo muito convencida.

O gado teve ainda mais dificuldade de contrapor as mentiras espalhadas pelo papagaio Beethoven, que era de estimação de Seu Miguel e atuava como espião e porta-voz oficial de fake news. Jurava existir um país misterioso chamado Pão de Açúcar, para onde todos os animais iam ao morrer. Ficava situado em algum canto do céu, sobre nove nuvens, cantava Beethoven. No Pão de Açúcar, era domingo sete dias por semana, era sempre época de colheita e torrões de açúcar davam em árvores. Os animais odiavam Beethoven, pois ele só tagarelava e cantava desafinado, nunca trabalhava, mas alguns acreditavam na existência daquele paraíso misterioso e o gado teve de se esforçar muito para provar que era mentira.

Os dois discípulos mais fanáticos eram Maguila e Olívia, os cavalos puxadores de carroça. Ambos tinham dificuldade em pensar por si mesmos, mas, uma vez aceitando o gado como líder, absorviam todos os ensinamentos e passavam adiante para outros animais. Não faltavam a um encontro secreto no celeiro e lideravam as cantorias de "Bicharada do Brasil" sempre ao final da palestra.

Agora, do jeito que foi, a Libertação ocorreu mais cedo e foi mais fácil do que qualquer um esperava. Durante muitos anos, Seu Miguel foi um fazendeiro rígido e competente, mas ultimamente decaíra. Ficou desiludido após perder dinheiro em um processo judicial e começou a exagerar na bebida. Passava dias inteiros na cadeira de balanço bebendo, lendo jornal e, por vezes, alimentando o papagaio Beethoven com crostas de pão embebidas na cerveja. Seus funcionários eram irresponsáveis, as plantações passaram a sofrer com ervas daninhas, as construções precisavam de muitas reformas e os animais não eram bem alimentados.

Chegou dezembro e o milho estava quase pronto para colheita. Num sábado quente de verão, Seu Miguel foi passear em Chapecó e se embebedou tanto num boteco que só foi aparecer de volta em sua fazenda no almoço de domingo. Os funcionários haviam tirado leite das vacas e cabras bem cedo e depois foram comer mexerica na sombra sem nem se importar em alimentar os animais.

Quando Seu Miguel chegou, se jogou no sofá para dormir a tarde toda, também esquecendo de dar comida para a bicharada. Foi a gota d'água. Lampião arrombou com seus chifres a porta do armazém e todos os animais invadiram e começaram a revirar as comidas. Seu Miguel acordou com o estrondo. Em instantes, ele e quatro capangas chegaram ao armazém chicoteando e expulsando os animais. Mas eles estavam famintos demais para aguentar mais desaforo.

Nada havia sido planejado antes, mas com alguns sinais eles partiram para cima de seus opressores. Miguel e seus capangas se viram, de repente, levando coices e mordidas por todos os lados. A situação saiu do controle. Nunca tinham visto bichos se comportarem daquela maneira. Ficaram aterrorizados com a revolta repentina de criaturas que costumavam maltratar e humilhar. Após alguns momentos, desistiram de tentar se defender e picaram a mula. Num minuto, estavam os cinco longe na estradinha que levava à rodovia, sendo seguidos de maneira triunfal pela bicharada.

A Sra. Celina, esposa de Seu Miguel, olhou pela janela do quarto, viu a confusão, reuniu alguns pertences numa bolsa e fugiu rapidamente em outra direção. O papagaio Beethoven saiu correndo atrás dela também, já que não podia voar. Enquanto isso, os animais perseguiram Miguel e seus capangas até a rodovia, trancando a porteira da fazenda para nunca mais voltarem. Então, antes mesmo de se darem conta do que ocorria, a Libertação tivera sucesso: Seu Miguel, o opressor, fora expulso e a Fazenda Iporã era deles.

Por alguns minutos, os animais não podiam acreditar na sorte. O primeiro ato foi inspecionar todas as fronteiras da fazenda para ter certeza de não haver mais nenhum humano escondido; depois correram de volta para as instalações e apagaram todos os vestígios da cruel Ditadura Miguelina. As rédeas, selas, correntes e coleiras foram destruídas; as facas usadas para castrar porcos e depenar perus foram atiradas no açude. Os cabrestos, esporas e outros apetrechos de tortura foram jogados numa fogueira. Os chicotes também. Os animais não se continham de alegria ao ver os instrumentos de tortura em chamas. Maria Bonita também lançou ao fogo os laços e adereços que enfeitavam suas crinas nos dias de feira.

– Laços são como roupas – disse ela. – Isso é coisa de humanos. Os bichos devem andar pelados.

Quando Maguila ouviu isso, pegou seu pequeno chapéu de palha, que vestia no verão para afastar moscas, e o atirou na fogueira.

Em pouco tempo, os animais haviam destruído tudo o que lembrava Seu Miguel. Lampião então os guiou de volta ao armazém e serviu porção dupla de milho para todos, com dois biscoitos para cada cachorro. Cantaram "Bicharada do Brasil" sete vezes seguidas e, logo após, foram se deitar e dormiram o melhor sono de suas vidas.

Contudo, acordaram de madrugada como estavam acostumados e, ao se lembrarem da Libertação gloriosa, correram para o pasto juntos. Um pouco adiante havia uma colina onde se podia avistar toda a fazenda. Os animais correram para seu topo e admiraram o amanhecer. Sim, toda aquela imensidão de terra era deles! Rolaram pela relva, bateram as patas no chão e pularam de êxtase com aquela ideia, aproveitavam a doçura do orvalho de uma manhã diferente. Logo após fizeram um tour pela fazenda inteira, embasbacados pela lavoura, pelo pomar, pelo riacho e toda aquela natureza. Era como se nunca tivessem parado para observar essas coisas, e continuavam sem acreditar que eram donos de tudo.

Depois voltaram às instalações e pararam em silêncio na frente da porta da casa de Seu Miguel. Mesmo pertencendo agora à bicharada, ficaram com receio de entrar. Entretanto, após um momento, Lampião e Maria Bonita arrombaram a porta e os animais os seguiram em fila indiana, entrando com cuidado e medo de estragar algo. Na ponta das patas, foram de quarto em quarto sussurrando, temendo falar alto, sobre o luxo inacreditável daquela casa, as camas fofas, os espelhos, o grande sofá, o carpete importado, a porcelana com desenhos de Dom Pedro II.

Foi quando desciam as escadas que perceberam terem perdido Damyris. Voltando para o segundo andar, encontraram-na na suíte da casa se admirando no espelho com cachecóis da esposa de Seu Miguel. Foi duramente repreendida por todos enquanto saíam da casa. Uma porção de presunto foi tirada da geladeira e levada para um funeral apropriado. Um barril de chope foi aberto com um coice de Maguila. Exceto isso, mais nada da casa foi tocado. Por unanimidade, chegaram à resolução de que a casa deveria ser preservada como um museu e que jamais algum animal poderia morar ali.

A bicharada tomou seu café da manhã habitual e depois foi chamada por Lampião e Maria Bonita para uma nova reunião.

– Camaradas! – disse Maria. – Já são seis e meia e temos um longo dia pela frente. Hoje começamos a colheita do milho. Mas há uma outra questão que devemos tratar antes.

O gado então revelou que nos últimos três meses aprendera a ler e a escrever com uma antiga apostila dos filhos de Seu Miguel, que havia sido jogada no lixo. Lampião mandou buscarem tinta preta e branca e levou todos ao grande portão da fazenda. Maria Bonita (que tinha letra mais caprichada) pegou um pincel na boca e apagou o nome "Fazenda Iporã" da placa da entrada. No lugar, escreveu "Fazenda dos Bichos". Assim seria conhecida a partir de agora.

Depois disso, voltaram às instalações. Lampião e Maria Bonita mandaram colocar uma escada na grande parede do celeiro. Explicaram que, após meses de estudo, o gado conseguiu resumir em Sete Mandamentos os princípios do Animalismo. Esses Mandamentos seriam agora pintados na parede, formariam uma lei inalterável que devia ser seguida por toda bicharada para sempre. Com alguma dificuldade (gado não se equilibra fácil em escadas), Maria Bonita subiu e começou o trabalho, com Armínia um pouco abaixo segurando a lata de tinta.

Os Mandamentos foram escritos na parede de tijolos em grandes letras brancas que podiam ser lidas a muita distância. A inscrição ficou assim:

OS SETE MANDAMENTOS

1. Tudo que anda sobre duas pernas é um inimigo
2. Tudo que anda com quatro pernas, ou tem asas, é um amigo
3. Nenhum animal pode vestir roupas
4. Nenhum animal pode dormir em camas
5. Nenhum animal pode beber álcool
6. Nenhum animal pode matar outro animal
7. Todos os animais são iguais

O letreiro ficou muito bonito e, exceto por "amigo" ter saído "amiog" e uma das letras "S" ter ficado espelhada, todo o restante estava impecável. Maria Bonita leu em voz alta para todos. A bicharada concordou completamente e os mais inteligentes inclusive começaram a decorar os mandamentos.

– Agora, camaradas – berrou Maria Bonita jogando o pincel no chão –, ao milharal! É questão de honra sermos mais rápidos que Miguel e seus capangas na colheita.

Nesse momento, contudo, três cabras que pareciam aflitas começaram a chorar. Fazia mais de vinte e quatro horas que ninguém as ordenhava, estavam quase explodindo. Após pensar um pouco, Lampião ordenou que os porcos buscassem baldes e fizessem o serviço, no que tiveram sucesso, pois suas patas pareciam bem adaptadas à tarefa. Logo, cinco baldes ficaram cheios de leite cremoso, despertando interesse considerável da bicharada.

– O que vai ser feito com todo esse leite? – perguntou alguém.

– Miguel misturava um pouco com nossa comida às vezes – disse um dos perus.

– Esqueçam o leite, camaradas! – gritou Lampião, colocando-se em frente aos baldes. – Trataremos disso depois. No momento, a colheita é mais importante. Camarada Maria Bonita vai guiá-los. Eu seguirei em alguns minutos. Avante, camaradas! O milho está esperando.

E assim os animais trotaram até a lavoura para iniciar a colheita e, quando voltaram à noite, perceberam que o leite havia sumido.

CAPÍTULO 3.

E como suaram para trazer tanta espiga de milho! Mas os esforços foram recompensados, pois a colheita teve mais sucesso do que pensavam.

Por vezes, o trabalho ficara pesado; os equipamentos eram desenhados para utilização de humanos, não animais, e foi uma grande desvantagem não poderem utilizar nenhuma ferramenta que envolvia ficar em pé. Mas o gado era tão inteligente que conseguiu pensar em adaptações. Quanto aos cavalos, conheciam plenamente o solo e sabiam ceifar até melhor que Miguel. O gado, na verdade, não trabalhava, apenas dirigia e supervisionava os demais. Com seu intelecto superior, essa posição era até natural.

Maguila, Olívia e os porcos levavam as ceifadeiras por todo canto com um boi atrás gritando "Levanta, camarada!" ou "Volta um pouco aqui, camarada!" dependendo do caso. E todos os animais, até os mais fracos como galinhas e perus, trabalharam com afinco sob sol intenso juntando as espigas com seus pequenos bicos. Ao final, terminaram dois dias antes do tempo que levavam com os humanos. E com menos desperdício: as aves, com sua visão afiada, não deixavam passar nada. E nenhum animal roubou nem um grãozinho sequer.

Durante todo aquele verão, o trabalho na fazenda seguia a mil por hora. A bicharada feliz como nunca. Cada porção de comida trazia um prazer diferente, agora que eram verdadeiros donos dela, toda produzida por eles e para eles, sem o racionamento ditatorial de antes. Sem os inúteis parasitas dos humanos, sobrava mais para todos comerem. Havia mais lazer também, embora os animais fossem inexperientes nisso.

Em alguns momentos, tiveram outras dificuldades – por exemplo, ao preparar os cereais e separá-los das cascas, mas a inteligência do gado e a força de Maguila sempre encontravam uma saída. Maguila era admirado por todos. Mesmo no tempo de Miguel, já era muito trabalhador, mas agora parecia multiplicado por três; alguns dias parecia levar nas costas todo trabalho da fazenda. De manhã à noite, o cavalo estava puxando para cá, empurrando para lá, sempre disponível onde o trabalho era mais pesado. Inclusive combinara com um dos galos de despertá-lo meia hora mais cedo que os demais, e então investia de maneira voluntária esse tempo onde parecesse mais necessário. Sua resposta a todos os problemas era "vou trabalhar mais duro!", o que virou seu lema pessoal.

No entanto, cada um trabalhava de acordo com suas capacidades. As galinhas e os perus garantiram uma economia de cinco tonéis de milho apenas catando os grãos extraviados. Ninguém roubava, ninguém discutia sobre as porções de comida, todas as brigas e disputas, normais antigamente, desapareceram.

Ninguém matava trabalho – ou quase ninguém. Damyris, na verdade, odiava levantar cedo e tinha o costume de reclamar de dor no casco e voltar antes do fim do expediente. O comportamento do gato Muji também era peculiar. Logo se notou que, quando havia algum trabalho a ser feito, o gato nunca aparecia. Sumia por horas e só era visto de novo na janta ou quando acabava o expediente, como se nada tivesse acontecido. Mas sempre trazia ótimas justificativas e ronronava com tanto afeto que ninguém duvidava de suas boas intenções.

O burro Nero não mudou nada após a Libertação. Manteve sua produtividade baixa e lenta de sempre no trabalho, sem matá-lo, é verdade, mas também sem se voluntariar a aumentar o esforço. Nunca dava opinião sobre a Libertação e seus resultados. Quando perguntado se não era mais feliz agora do que sob a ditadura opressora de Miguel, apenas respondia que "burros vivem bastante. Nenhum de vocês jamais viu um cadáver de burro", e os demais tinham de se contentar com essa resposta misteriosa.

Domingos eram dias de descanso. O café da manhã era uma hora mais tarde que de costume, e na sequência havia sempre um ritual semanal. Primeiro, hasteavam a bandeira. Maria Bonita havia encontrado no depósito uma antiga toalha verde de pôquer de Seu Miguel e pintado uma ferradura e um chifre branco ao centro. Essa toalha era hasteada toda manhã de domingo. A bandeira era verde, Maria explicava, para representar os campos do Brasil, enquanto a ferradura e o chifre simbolizavam a futura República da Bicharada, que seria instituída quando a espécie humana fosse finalmente superada.

Após a cerimônia da bandeira, os animais se reuniam no grande celeiro para uma assembleia geral que ficou conhecida como A Reunião. Nela planejavam o trabalho da semana seguinte, debatiam e tomavam decisões. Era sempre o gado que trazia novas pautas e resoluções. Os demais entendiam o sistema de votação, mas eram incapazes de trazer ideias para serem votadas.

Lampião e Maria Bonita eram os mais ativos nos debates. Mas nunca entravam em acordo: qualquer sugestão trazida por um sofria oposição e era contestada pelo outro. Até quando ficou decidido por consenso reservar aos animais aposentados o estábulo ao lado do pomar, houve uma acalorada discussão sobre a correta idade de aposentadoria de cada animal. A Reunião sempre terminava com a cantoria de "Bicharada do Brasil" e a tarde de domingo era livre para o lazer.

O gado havia tomado o depósito de ferramentas como seu quartel general. Ali, todas as noites, estudavam mecânica, carpintaria e outras disciplinas disponíveis em livros que pegaram da casa de Miguel. Maria Bonita também se ocupava em organizar a bicharada em Comitês. Não se cansava dessa atividade. Instituiu para as galinhas o Comitê da Produção de Ovos, a Liga do Rabicó Limpo para os porcos, o Comitê para Reeducação dos Camaradas Selvagens (cujo propósito era domesticar ratos e coelhos), o Movimento Vem Pra

Pontualidade para os galos e perus, e vários outros comitês além de aulas de letramento e alfabetização.

No geral, os projetos falharam. A tentativa de adestrar animais selvagens, por exemplo, caiu por terra quase imediatamente. Eles continuavam a se comportar como antes e, quando tratados com generosidade, simplesmente aproveitavam para levar vantagem. O gato Muji foi integrado ao Comitê de Reeducação e se mostrou bastante ativo nos primeiros dias. Era visto nos telhados tentando convencer os sabiás a se aproximarem, "somos todos camaradas, podem vir aqui para brincarmos juntos", mas os passarinhos mantinham distância.

As aulas de letramento, porém, foram um grande sucesso. No outono, quase todos estavam de alguma maneira alfabetizados. O gado já lia e escrevia perfeitamente. Os cães aprenderam bem, mas não se interessavam a ler outra coisa além dos Sete Mandamentos. Lupi, a cabra, lia até melhor que os cachorros, e às vezes costumava ler restos de jornal à noite para alguns camaradas. O burro Nero conseguia ler como o gado, mas nunca exercitava essa habilidade, não era fã de textos longos, preferia livros repletos de figuras. Justificava dizendo que não achava nada que valesse a pena ler.

Olívia aprendeu o alfabeto inteiro, mas não conseguia juntar as letras. Maguila tinha dificuldades de passar da letra D. Desenhava A, B, C, D na terra com o casco e travava olhando para elas sem ideia de qual seria a próxima. Algumas vezes, chegou a aprender E, F, G, H, mas aí esquecia as anteriores. Por fim, contentou-se com as primeiras quatro letras e treinava escrevendo algumas vezes por dia para refrescar a memória.

Damyris só buscou aprender as sete letras de seu nome. Então escrevia com galhos de árvore no chão, decorava com uma ou duas flores e ficava admirando aquela obra de arte. Nenhum outro animal passou da letra A.

Descobriu-se também que os animais menos inteligentes, como os gansos e as galinhas, não conseguiam decorar os Sete Mandamentos. Após ponderar bastante, Maria Bonita declarou que eles poderiam ser reduzidos a um pequeno lema: "quatro pernas bom, duas pernas ruim". Ali, dizia, estava contido o princípio fundamental do Animalismo. Qualquer um que o entendesse estaria a salvo das influências de humanos. As aves reclamaram, pois também acreditavam ter duas pernas, mas Maria Bonita os convenceu do contrário.

– As asas, camaradas, são um órgão de propulsão, não de manipulação – afirmava ela. – Então devem ser consideradas como pernas. A grande diferença dos humanos é possuírem mãos, esse é o instrumento responsável por todo o mal.

As aves não entenderam toda aquela ladainha, mas aceitaram a explicação e todos os humildes animais buscaram decorar o lema. QUATRO PERNAS BOM, DUAS PERNAS RUIM foi escrito na parece acima dos Sete Mandamentos, e com uma letra maior ainda. Assim que decoraram, os perus repetiam com muito carinho o lema e saíam berrando por horas sem cansar: "quatro pernas bom, duas pernas ruim! Quatro pernas bom, duas pernas ruim!"

Lampião não se interessava pelos comitês de Maria Bonita. Afirmava que a educação dos jovens era mais importante do que focar nos já crescidos. Baleia e Marujo haviam dado cria logo após a colheita, tiveram nove filhotes. Assim que desmamaram, Lampião os levou embora dizendo que se responsabilizaria por sua educação. Levou-os a um sótão no depósito e os manteve lá em tanto isolamento que o resto da bicharada até esqueceu que existiam.

O sumiço misterioso do leite foi logo esclarecido. Era bebido diariamente pelo próprio gado; apenas o leite de cabra, já que as vacas leiteiras decidiram não produzir mais para consumo de terceiros. As maçãs amadureceram e começaram a cair na grama do pomar com o vento. Os animais pensavam que elas seriam divididas igualitariamente; um dia, contudo, chegou a ordem de levarem para consumo do gado todas essas que caíssem naturalmente. Alguns animais reclamaram, mas de nada adiantou. O gado chegara a um consenso sobre a questão (inclusive Lampião e Maria Bonita). Armínia foi enviada para dar as devidas explicações:

– Camaradas! – gritou ela. – Não pensem que seja uma questão de egoísmo ou privilégio. Muitos de nós nem gostamos de leite nem de maçãs. Eu mesmo odeio. Nosso único propósito, ao consumi-los, é preservar nossa saúde. Leite de cabra e maçãs (a ciência já provou, camaradas) contêm substâncias absolutamente necessárias para o organismo bovino. Somos trabalhadores intelectuais. A gestão da fazenda depende de nós. Dia e noite vigiamos o bem-estar de vocês. Tomamos leite de cabra e comemos maçãs por sua causa. Sabem o que aconteceria se falhássemos em nosso trabalho? Miguel voltaria! Sim, Miguel voltaria! Com certeza, camaradas – suplicava ele quase chorando –, ninguém quer vê-lo de volta, né?

Se a bicharada tinha certeza de uma coisa era de não querer Seu Miguel de volta. Quando entenderam esse ângulo da questão, pararam de contestar. A importância de manter a saúde do gado era óbvia. Portanto, foi consenso de que o leite e as maçãs que caíssem com o vento (e também as outras quando ficassem maduras) seriam reservados apenas para o gado.

CAPÍTULO 1.

Pelo final do verão, as notícias do que acontecera na Fazenda dos Bichos se espalharam até Chapecó. Todo dia, Maria Bonita e Lampião enviavam tropas de papagaios com instruções para se misturarem aos animais das fazendas vizinhas, contarem a história da Libertação e ensinarem a música "Bicharada do Brasil".

Grande parte desse tempo, Seu Miguel passou sentado num boteco de Chapecó, reclamando com quem quisesse ouvir sobre a injustiça que sofrera ao ser expulso de sua propriedade por um bando de animais endemoniados. Outros agricultores simpatizaram no início, mas não o ajudaram. No fundo, cada um pensava secretamente se não poderia se aproveitar do azar de Miguel.

Por sorte, os dois donos das terras vizinhas à Fazenda Iporã estavam sempre brigando. A fazenda da direita se chamava Aurora, era grande e antiquada, com o pasto e as cercas sem cuidados. O dono, Seu Moacir, era um agricultor boa vida, que passava a maior parte do tempo caçando e pescando.

A fazenda da esquerda, chamada Rancho do Jacarezinho, era menor e mais bem cuidada. Seu dono, o Velho Ageu, era sagaz e durão, sempre envolvido com problemas na justiça e conhecido por conseguir grandes negócios. Esses dois se odiavam tanto que era difícil concordarem, mesmo para algo benéfico a ambos.

Contudo estavam assustados com a Libertação na Fazenda dos Bichos e ansiosos em prevenir seus animais de se inspirarem nela. A princípio, riam menosprezando a ideia de bichos fazendo a gestão de uma fazenda. Não duraria um dia, diziam. Também fofocavam que os animais da Fazenda Iporã (mantinham o nome antigo, não toleravam "Fazenda dos Bichos") brigavam constantemente entre si e já começavam a morrer de fome.

Com o passar do tempo e sem nenhum animal morto de fome, Moacir e Ageu mudaram o tom e começaram a conversar sobre os absurdos terríveis que ocorriam na Fazenda dos Bichos. Comentavam que os animais estavam praticando canibalismo, tortura e poligamia. Nisso que dava desrespeitar a ordem natural das coisas, diziam Moacir e Ageu.

Entretanto, ninguém acreditava nessas histórias. Circulavam rumores de uma fazenda maravilhosa após a expulsão dos animais humanos, com os animais não humanos lidando muito bem na gestão. Durante todo o ano, uma onda de revolta circulou pela região.

Porcos, sempre mansos, de repente se tornavam selvagens, cabras derrubavam cercas, vacas davam coices nos baldes de leite, cavalos derrubavam quem montasse neles. Além disso, a melodia, e mesmo a letra, de "Bicharada do Brasil" ficou conhecida por todos os cantos, se espalhou com grande velocidade.

Os humanos não conseguiam segurar a raiva quando ouviam a música, embora achassem-na ridícula. Não compreendiam como os animais se prestavam a cantar um lixo daqueles. Quando um animal era pego cantando, logo levava uma chicotada, mas a força desse hino era imparável. Os sabiás cantavam nas cercas, os periquitos nos postes de luz, a música surgia mesmo dentro das igrejas e no comércio da cidade. E quando os humanos a ouviam, tremiam secretamente com aquela profecia de sua futura desgraça.

No início de abril, quando o milho fora todo colhido e estocado, uma revoada de papagaios voltou agitada à Fazenda dos Bichos. Miguel e seus capangas, acompanhados de mais meia dúzia de mercenários, tinham acabado de passar pela porteira e vinham em direção às instalações da fazenda. Todos carregando bastões, exceto Miguel, que vinha à frente com uma espingarda na mão. Vinham claramente reconquistar sua propriedade.

Isso já era esperado há tempos e estava tudo preparado. Maria Bonita, que havia estudado o clássico "Os Sertões", sobre as campanhas contra Canudos, estava encarregada das operações de defesa. Passou suas ordens rapidamente e, em poucos minutos, todos os animais estavam em seus postos.

Quando os humanos se aproximavam das instalações da fazenda, Maria Bonita lançou o primeiro ataque. Em torno de trinta e cinco araras e papagaios voaram sobre as cabeças dos homens e bicavam seus cabelos enquanto pequenos saguis selvagens, escondidos na floresta da entrada até ali, correram para morder seus tornozelos.

Entretanto, essa era apenas uma manobra para distraí-los e os homens facilmente espantaram os animais com seus bastões. Então Maria Bonita emendou com a segunda linha de ataque: Lupi, Nero, e todas as cabras, com Maria à frente, atacaram os homens com coices, mordidas e patadas por todos os lados. Mais uma vez, os homens conseguiram se defender bem até que, de repente, Maria Bonita gritou em sinal de recuo e todos os animais fugiram para o pátio.

Os homens urraram em triunfo. Viram, como imaginavam, seus inimigos em fuga e saíram atrás deles em perseguição. Essa era justamente a estratégia de Maria Bonita. Assim que eles entraram no pátio, três cavalos, três porcos e o restante do gado, que estavam escondidos no estábulo, surgiram às suas costas. Maria Bonita deu o sinal para o ataque. Ela própria foi para cima de Seu Miguel, que percebeu, levantou a arma e atirou. A bala passou de raspão nela, mas acertou um dos porcos, matando-o. Sem hesitar, Maria jogou seu peso nas pernas de Miguel, fazendo-o cair em uma montanha de esterco e ver sua arma voar longe.

Mas o espetáculo mais horrível foi com Maguila, que se erguia em duas patas e boxeava como um grande lutador. Seu primeiro gancho acertou um vaqueiro da Fazenda Jacarezinho em cheio, lançando-o sem vida em uma poça de lama. Vendo a cena, vários homens jogaram seus bastões e tentaram fugir. O pânico tomou conta e, em poucos segundos, eram perseguidos no pátio furiosamente pelos animais. Levavam chifradas, coices, mordidas, pisadas.

Não houve um animal que, com seu golpe específico, não se vingou de anos de opressão. Até o gato Muji saltou do telhado e cravou as garras no rosto de um agressor, que berrou de dor horrivelmente. Quando viram o portão livre, os homens fugiram correndo. Então, em menos de cinco minutos após a invasão, eles recuavam pela estrada de acesso sendo bicados na cabeça pelas araras e mordidos nos tornozelos pelos saguis.

Todos os humanos fugiram, exceto um. No pátio, Maguila cutucava o vaqueiro estendido na lama, tentando virá-lo de frente, mas ele não se mexia.

– Está morto – disse ele com pesar. – Não foi minha intenção. Esqueci que estava com as ferraduras. Quem vai acreditar que não fiz de propósito?

– Sem coração mole, camarada! – gritou Maria Bonita, ainda com o ferimento de bala sangrando. – Guerra é guerra. Humano bom é humano morto.

– Não quero tirar a vida de ninguém, nem de um animal humano – repetiu Maguila com lágrimas nos olhos.

– Onde está Damyris? – perguntou alguém.

Ela havia sumido de fato. Por um momento, houve pânico. Temiam que os humanos a tivessem ferido ou sequestrado. Mas logo descobriram que ela estava escondida no estábulo com a cabeça enterrada na manjedoura. Sumira com o barulho do tiro. Após essa distração, ao voltar ao pátio, os animais perceberam que o vaqueiro fugira. Na verdade, só havia desmaiado.

Os animais se reuniram em uma assembleia animada, cada um contando vantagem sobre seus golpes. Uma cerimônia formal de vitória foi realizada de imediato. A bandeira foi hasteada e cantaram diversas vezes o hino "Bicharada do Brasil". Na sequência, fizeram um funeral apropriado ao porco. Ao lado da lápide, Maria Bonita fez um breve discurso enfatizando a necessidade de todos estarem prontos para morrer pela Fazenda dos Bichos.

Decidiram por unanimidade criar uma condecoração militar, "Herói Animal de 1ª Classe", que foi então dada a Maguila e Maria Bonita. Feita de bronze (encontrados em arreios na casa de ferramentas), deveria ser usada aos domingos e feriados. Criaram também a condecoração "Herói Animal de 2ª Classe", esta foi dada ao porco que morrera.

Houve bastante discussão sobre qual nome dar à batalha. Finalmente, foi batizada de Batalha do Estábulo, local da emboscada decisiva. A arma de Seu Miguel foi encontrada na lama, e todos sabiam que havia um estoque de cartuchos na casa abandonada. Decidiram deixar a espingarda ao pé da bandeira, como decoração, para ser usada duas vezes por ano, em datas comemorativas: uma no dia da Batalha do Estábulo (dia 22 de abril) e outra na metade do verão, aniversário da Libertação.

CAPÍTULO 5.

Com a chegada do inverno, Damyris começou a dar mais trabalho. Sempre se atrasava para o expediente dizendo que perdera a hora e reclamava de dores misteriosas, embora seu apetite continuasse grande. Qualquer motivo era pretexto para ela fugir do trabalho e ir até a lagoa ficar se admirando em seu reflexo. Mas também havia rumores de algo mais sério. Um dia, enquanto ela caminhava animada pelo pátio, balançando sua cauda e mastigando um pouco de palha, Olívia a levou para um canto.

– Damyris – disse ela. – Temos de falar sério. Vi você essa manhã olhando para a Fazenda Aurora. Um dos capangas de Seu Moacir estava ao lado da cerca. Vi de longe, mas tenho certeza de que vocês conversavam e ele te dava carinho no rosto. O que significa isso, Damyris?

– Ele não fez isso! Eu não estava lá! Mentirosa! – berrou agitada, começando a bater as patas no chão.

– Damyris! Olha na minha cara. Você jura que aquele homem não estava te acariciando?

– Isso é mentira! – repetia Damyris, mas sem encará-la, e logo saiu galopando para o campo.

Olívia teve uma ideia. Sem dizer nada aos demais, foi até a baia de Damyris e revirou a palha no chão. Descobriu ali, escondidos, diversos torrões de açúcar e vários cachecóis coloridos.

Três dias depois, Damyris sumiu. Por semanas, ninguém sabia de seu paradeiro, até que as gralhas reportaram que a haviam visto do outro lado de Chapecó. Ela estava atrelada a uma graciosa carroça pintada de vermelho e preto em frente a um boteco. Um velho ruivo, que parecia o dono do bar, a acariciava no focinho e lhe dava torrões de açúcar. Seu pelo estava bem limpo e escovado, ela usava um laço rubro na crina e parecia plena de felicidade, disseram as gralhas. Ninguém nunca mais falou dela, assunto encerrado.

Em julho, vieram as geadas. A terra ficou dura como ferro, nada podia ser feito no campo. As Reuniões eram realizadas no grande celeiro, e o gado se ocupava em planejar a próxima safra. Todos aceitavam que o gado, sendo mais inteligente que os demais, deveriam decidir as políticas da fazenda, ainda que sempre levadas para votação e ratificadas pela maioria.

Esse arranjo teria funcionado bem não fossem as disputas entre Lampião e Maria Bonita. Esses dois discordavam em todos os pontos em que era possível. Se um sugeria separar mais área para plantar arroz, o outro demandava mais área para o feijão, e se um dizia que determinados locais eram perfeitos para plantar legumes, o outro dizia que o solo ali só era bom para verduras. Cada um tinha seus seguidores e os debates às vezes se tornavam violentos.

Nas Reuniões, Maria Bonita geralmente ganhava graças a seus discursos brilhantes, mas Lampião era melhor em articular apoio nos bastidores. Ele tinha especial simpatia dos porcos. Gradativamente, os leitões passaram a berrar "quatro pernas bom, duas pernas ruim" em horas impróprias e interrompiam as reuniões. Ficou perceptível de que abriam o berreiro em momentos cruciais dos discursos de Maria Bonita.

Ela havia feito um detalhado estudo de uma revista "Agricultura e Pecuária" que encontrara na casa de Miguel e estava cheia de ideias para inovações e melhorias na fazenda. Falava com propriedade sobre drenagens, estocagem, e até encontrou uma solução para economizar trabalho com os animais defecando diretamente na lavoura, em locais diferentes a cada dia. Lampião não produzia nenhum diagrama de sua parte, mas cochichava que os de Maria Bonita não dariam certo e que estavam perdendo tempo. Entretanto, de todas as divergências, nenhuma foi tão grave quanto a que ocorreu sobre a construção de uma torre para energia eólica.

Não muito afastada das instalações da fazenda, havia uma pequena colina que era a maior elevação ali no campo. Após estudar o solo, Maria Bonita declarou que era o lugar perfeito para uma torre eólica, que forneceria independência energética à fazenda; iluminaria e aqueceria os estábulos no inverno; alimentaria diversos equipamentos e até uma máquina de ordenha elétrica. Os animais nunca haviam ouvido falar de tamanha inovação (a fazenda ali era ainda antiquada, sem muita tecnologia), e prestavam atenção boquiabertos enquanto Maria Bonita explicava as maravilhas das máquinas que fariam o trabalho para eles, deixando-os com tempo livre para o passear pelos campos, ler e conversar.

Em poucas semanas, todo o planejamento para a torre eólica estava pronto, seria batizada de Belovento. Os detalhes elétricos foram tirados de três livros de Seu Miguel: "Mil coisas úteis para se fazer em casa", "Eu, Pedreiro" e "Guia chinês de eletricidade para iniciantes". Maria Bonita usou para seu estudo um galpão que tinha um piso liso de madeira, apropriado para seus desenhos. Ela passava horas lá trancada. Com os livros abertos e um giz encaixado em seu casco, movia-se rapidamente para lá e para cá, desenhando linhas e dando gritos de alegria.

Gradualmente, os planos cresceram e se tornaram complexos desenhos de engrenagens cobrindo metade do piso. A bicharada achava incompreensível, mas impressionante. Todos vinham ver seus diagramas ao menos uma vez por dia. Até os perus e as galinhas vinham inspecionar, saltando cuidadosamente sobre os traços para não borrar nada.

Apenas Lampião se negava a admirá-los. Declarara-se contra a torre eólica com tecnologia chinesa desde o início. Um dia, porém, chegou de surpresa para examinar os planos. Deu passos firmes pelo galpão, olhou de perto cada detalhe, até farejou uma parte ou outra, então parou por um tempo contemplando com o canto do olho. De repente, levantou uma das patas, urinou por todo o piso e foi embora sem dar um pio.

A questão polarizou profundamente toda a fazenda. Maria Bonita não negava que a construção seria difícil. Pedras pesadas teriam de ser empilhadas, grandes pás de metal e material elétrico precisariam ser organizados – como os encontrariam não foi explicado por Maria. Mas ela afirmava que tudo poderia ser feito em doze meses. E na sequência, declarava, ficariam tão liberados do trabalho que poderiam ter quatro dias de folga por semana.

Lampião, por outro lado, argumentava que a prioridade era aumentar a produção de comida e, se perdessem tempo com o ventilador chinês, morreriam de fome. Os animais se polarizaram em duas facções. De um lado, traziam o lema "Vote Maria e trabalhe só três dias", de outro, "Vote Lampião, farta mesa sem invasão chinesa".

O burro Nero era o único animal a não tomar partido. Negacionista, recusava-se a acreditar que era possível aumentar a produção de comida ou que a torre Belovento economizaria trabalho. Com tecnologia ou sem, dizia, a vida continuaria como sempre foi: muito ruim.

Além dessa disputa política, havia a questão da segurança da fazenda. A bicharada tinha certeza de que, embora tivessem saído derrotados na Batalha do Estábulo, os humanos tentariam nova investida para retomar a fazenda. Tinham todas as razões para isso, já que as notícias do fiasco rodaram a região e tornaram mais rebeldes os animais das terras vizinhas.

Como de costume, Lampião e Maria Bonita discordavam. De acordo com o primeiro, os animais deveriam se armar e treinar pontaria; de acordo com a segunda, deveriam enviar mais saguis e papagaios e araras para incentivar revoluções em mais fazendas. Ele argumentava que, se não pudessem se defender, seriam novamente conquistados e oprimidos. Ela replicava que, se revoluções acontecessem por toda parte, nem precisariam se defender. A bicharada ouvia tudo sem conseguir se decidir por um lado; acabava concordando sempre com quem estava falando no momento.

Finalmente chegou o dia em que Maria Bonita finalizou seu planejamento. Na Reunião do domingo seguinte, a questão sobre o início da construção da Belovento iria para votação. Quando os animais se reuniram no grande celeiro, Maria Bonita se levantou e, ainda que algumas vezes interrompida pela algazarra dos leitões, explicou todas as razões a favor da construção. Então Lampião se levantou para a réplica. Discursou calmamente de que o plano era absurdo e aconselhou a todos votarem contra, sentando-se logo em seguida; tinha falado apenas trinta segundos e parecia indiferente ao resultado de sua fala.

Nesse momento, Maria se levantou novamente, mandou os leitões se calarem, e começou uma tréplica apaixonada em favor da energia eólica. Até ali, os animais estavam divididos sobre a questão, mas a emoção de Maria Bonita os conquistou. Em frases impactantes, ela descrevia uma Fazenda dos Bichos do futuro, quando o peso do trabalho seria aliviado dos ombros de todos. Sua imaginação agora ia além de máquinas elétricas. Com energia abundante, poderiam automatizar quase todo o serviço, além de fornecer luz, banho quente e até ventiladores para todos.

Assim que terminou o discurso, não havia dúvidas de que ganharia a votação. Mas nesse exato momento Lampião se levantou e, lançando um olhar de desprezo para Maria Bonita, soltou um mugido extremamente agudo, como ninguém nunca ouvira antes.

Ato contínuo, sons de latidos terríveis vieram de fora e nove cães enormes, vestindo coleiras de bronze, invadiram o celeiro. Atiraram-se diretamente em Maria Bonita, que por um triz conseguiu saltar e fugir das garras inimigas. Em segundos, já corria pela porta com os cães atrás de si. Aterrorizados e com medo de falar, todos os animais foram até a porta assistir à perseguição. Maria corria pelo grande pasto que levava à rodovia. Corria quase como um cavalo, mas os cães já se aproximavam.

De repente, ela escorregou e todos pensaram que seria capturada. Mas se levantou rapidamente e parecia até galopar, mais rápido do que nunca, mas novamente os cães pareciam alcançá-la. Um deles quase conseguiu morder o rabo dela, mas bem na hora ela conseguiu escapar. Então, Maria Bonita conseguiu uma pequena vantagem, deslizou por um barranco na floresta e sumiu.

Mudos e aterrorizados, os animais voltaram ao celeiro. Os cães chegaram latindo. A princípio, ninguém imaginava de onde essas criaturas haviam surgido, mas logo ficou claro: eram os filhotes que Lampião pegara para criar secretamente. Embora ainda jovens, já estavam gigantes e com aparência de lobos mal-encarados. Os cães alinharam-se ao lado de Lampião. Ficou perceptível que abanavam o rabo para seu mestre assim como antigamente outros cães abanavam o rabo para Seu Miguel.

Lampião, seguido por eles, subiu no antigo palanque onde uma vez Papa Juca fizera seu famoso discurso. Anunciou que as Reuniões de domingo estavam extintas. Eram desnecessárias e uma perda de tempo. Dali em diante, todas as questões da fazenda seriam decididas por um comitê bovino especial, presidido por ele mesmo. O comitê faria reuniões privadas e depois apenas comunicaria as decisões aos demais. Todos ainda se reuniriam nas manhãs de domingo para honrar a bandeira, cantar "Bicharada do Brasil" e receber as ordens da semana, mas não haveria mais espaço para debates.

Apesar do choque com a expulsão de Maria Bonita, os animais ficaram indignados com essa declaração. Vários teriam protestado se tivessem encontrado argumentos relevantes. Mesmo Maguila ficou perturbado. Baixou as orelhas, sacudiu a crina algumas vezes e tentou organizar com força os pensamentos, mas sem sucesso.

Parte do gado, porém, era mais articulada. Quatro novilhos da primeira fileira mugiram em desaprovação e se levantaram falando todos ao mesmo tempo. Mas logo os cães em volta de Lampião começaram a latir ameaçadores e os novilhos sentaram-se em silêncio. Então os porcos começaram a guinchar "quatro pernas bom, duas pernas ruim!" continuamente por quase quinze minutos e inviabilizaram qualquer chance de debate.

Na sequência, Armínia foi enviada para um tour explicativo sobre a nova dinâmica da fazenda.

– Camaradas, tenho certeza do apreço de todos pelo sacrifício que o Camarada Lampião está fazendo ao pegar tanto trabalho extra. Não imaginem, camaradas, que é prazeroso ser líder! Ao contrário, é uma responsabilidade pesadíssima. Ninguém é mais fiel que o Camarada Lampião ao lema de igualdade entre os animais. Ele adoraria que cada um tomasse suas próprias decisões. Mas às vezes vocês poderiam tomar decisões erradas, camaradas, e onde iríamos parar? E se vocês tivessem seguido Maria Bonita com a utopia chinesa, ela que, sabemos agora, não passava de uma criminosa?

– Ela lutou bravamente na Batalha do Estábulo – disse alguém.

– Bravura não é suficiente – disse Armínia. – Lealdade e obediência são mais importantes. E, no tocante à Batalha do Estábulo, descobriremos um dia que o desempenho dela nem foi tudo isso. Disciplina, camaradas, disciplina acima de tudo! Esse é o lema de hoje. Um passo em falso e nossos inimigos voltarão a nos oprimir. Certamente, camaradas, vocês não querem Seu Miguel de volta, né?

Mais uma vez esse argumento era incontestável. Definitivamente os animais não queriam o retorno de Miguel. Se os debates de domingo eram uma fragilidade que poderiam trazê-lo de volta, que fossem abolidos. Maguila, que agora tivera tempo de raciocinar melhor, externou o sentimento geral ao dizer:

– Se o Camarada Lampião disse, então deve ser o correto.

E dali em diante ele adotou a máxima "Lampião está sempre certo" em complemento ao seu lema particular de "Vou trabalhar mais duro".

Nesse ponto, chegara a primavera e foram iniciados os trabalhos na lavoura. O galpão com os desenhos de Maria

Bonita foi trancafiado, com os planos provavelmente apagados lá dentro. Todo domingo às dez da manhã, os animais se reuniam no grande celeiro para receber as ordens da semana.

A caveira de Papa Juca, já limpa das carnes, foi desenterrada do túmulo no pomar e colocada ao lado da espingarda e do mastro da bandeira. Após o hasteamento, os animais tinham de bater continência para o crânio antes de entrar no celeiro. Agora já não se sentavam juntos como antigamente. Lampião, com Armínia e outro boi chamado Olavete, que tinha grande talento para compor jingles e poemas, sentavam-se na frente do palanque com os nove cães de guarda em volta e o restante do gado atrás. Os demais bichos se sentavam de frente para eles no centro do celeiro. Lampião lia as ordens da semana em tom militar e, após uma única cantoria de "Bicharada do Brasil", todos os animais eram dispensados.

No terceiro domingo após a expulsão de Maria Bonita, os animais se surpreenderam com o anúncio de Lampião de que a torre Belovento seria mesmo construída. Ele não explicou o porquê da mudança de ideia, apenas advertiu de que demandaria um trabalho pesado extra, podendo até significar redução na porção de comida diária para cada um. Os planos, contudo, já estavam prontos e detalhados. Um comitê especial do gado trabalhara neles por três semanas. Estimava-se que a obra levaria dois anos.

Naquela noite, Armínia explicou privadamente à bicharada que Lampião nunca fora verdadeiramente contra a Belovento. Ao contrário, ele que tivera inicialmente a ideia e o plano desenhado no galpão por Maria Bonita fora roubado de suas anotações pessoais. A torre eólica fora, na realidade, invenção dele.

– Por que, então, ele se opunha com tanta ênfase? – perguntou alguém.

– Aí é que vemos a inteligência de Lampião – respondeu Armínia dengosa. – Ele só fingiu ser contra, era uma manobra para se livrar de Maria Bonita, que era mau-caráter e uma má influência. Com ela fora do caminho, o plano pode seguir sem interferência dela.

Isso se chamava estratégia, disse Armínia. E repetiu diversas vezes, “estratégia, camaradas, estratégia!”, dando pulinhos e balançando o rabo. A bicharada não tinha certeza do significado dessa palavra, mas Armínia era tão persuasiva, e os três cães que por acaso a acompanhavam eram tão ameaçadores, que todos aceitaram a explicação sem mais perguntas.

CAPÍTULO 5.

Durante todo aquele ano os animais trabalharam como escravos. Mas eram felizes na labuta; não poupavam esforços ou sacrifícios, sabiam que tudo era para benefício deles mesmos e das próximas gerações, não para um bando de humanos ladrões e preguiçosos.

Durante a primavera e o verão, trabalharam sessenta horas por semana, e em março Lampião anunciou que também haveria trabalho nas tardes de sábado. Seria estritamente voluntário, mas quem não se voluntariasse teria sua ração cortada à metade. Mesmo com isso, ainda ficava coisa por fazer. A colheita teve menos sucesso que a do ano anterior e duas lavouras de batatas foram inutilizadas por não terem sido tratadas a tempo. Era possível prever que o inverno seria difícil.

A torre eólica trouxe dificuldades inesperadas. Havia um bom estoque de pedras na fazenda, e muita areia e cimento também, mas os animais tinham dificuldade em cortá-las sem o uso de picaretas ou sem se equilibrar em duas patas. Após semanas de esforços vagos, descobriram que a gravidade podia ajudá-los. Então se uniram todos para a tarefa de atirar pedras de um barranco, inclusive Damyris e Nero, e conseguiram, ao final do verão, acumular todos os blocos para iniciar a construção da torre, sob direção do gado.

Mas era um processo lento e trabalhoso. Frequentemente tomava um dia inteiro de esforço para empilhar apenas uma pedra. Não teriam conseguido sem a força de Maguila, que era equivalente a todos os demais somados. Vê-lo suando e ofegante carregando blocos pesados centímetro a centímetro, suas patas escorregando na lama, enchia todos de admiração.

Olívia o avisava algumas vezes a tomar cuidado e não se contundir, mas Maguila nunca ouvia. Seus dois lemas, "vou trabalhar mais duro" e "Lampião está sempre certo", bastavam para ele sentir que tinha resposta a todos os problemas. Havia combinado com os galos de o acordarem diariamente quinze minutos mais cedo. E no seu tempo livre, que já ficara escasso ultimamente, ele ia sozinho ao campo empilhar as pedras da construção.

Os animais não sofreram tanto no verão, apesar do ritmo duro de trabalho. Se não tinham mais comida que no tempo de Seu Miguel, ao menos o tamanho da ração era igual. A vantagem de só ter de alimentar a si mesmo, sem sustentar cinco humanos extravagantes, era tão gigante que teriam de errar muito para perdê-la. Em muitos aspectos, os métodos da bicharada eram mais eficientes e economizavam trabalho. Algumas funções, como semear a terra, podiam ser feitas com uma precisão impossível aos humanos. E, como nenhum animal roubava, não era preciso perder tempo com cercas e aberturas de portões.

Ainda assim, ao longo do verão, começaram a sentir a escassez de diversos itens. Precisavam de mais óleo, pregos, cordas, biscoitos para os cães e ferraduras para os cavalos, nada disso era possível de ser produzido na fazenda. Ultimamente também já faltavam sementes e fertilizantes, além de vários equipamentos e, claro, das pás metálicas e dos fios para a Belovento. Como comprariam tais itens, ninguém conseguia imaginar.

Numa manhã de domingo, com os animais reunidos para receberem suas ordens, Lampião anunciou que redigira mais um novo decreto. Dali em diante, a Fazenda dos Bichos iniciaria relacionamento comercial com as fazendas vizinhas e do centrão; obviamente, sem objetivo de lucro, apenas para obter itens essenciais. Os componentes para a Belovento eram a prioridade, disse ele. Por esse motivo, estava em negociações para vender uma saca de café e parte da safra de milho; e, se adiante fosse preciso mais dinheiro, venderiam ovos na feira de Chapecó, onde sempre havia grande demanda. As galinhas, disse Lampião, deveriam se orgulhar, esse sacrifício era uma contribuição especial delas para a construção de Belovento.

Mais uma vez os animais sentiram algum desconforto. Nunca negociar com humanos, nunca investir em comércio, nunca utilizar dinheiro – não eram essas as resoluções daquela Reunião triunfante após a expulsão de Seu Miguel? Todos os animais se lembravam de aprovar tais resoluções, ou ao menos pensavam se lembrar.

Os quatro novilhos, que haviam protestado quando Lampião aboliu as Reuniões, ergueram timidamente a voz, mas foram imediatamente silenciados por latidos ferozes dos cães. Então, como de costume, os leitões explodiram guinchando "quatro pernas bom, duas pernas ruim!" e o estranhamento momentâneo foi abafado.

Finalmente, Lampião levantou a pata pedindo silêncio e anunciou que já tinha concluído os acordos, com as fazendas do centrão, com tudo. Não haveria necessidade de nenhum bicho ter contato com humanos. Ele suportaria sozinho todo o peso da tarefa. O General Trampf, um militar aposentado de Chapecó, tinha concordado em ser o intermediário entre a Fazenda dos Bichos e o mundo externo, visitaria a roça toda segunda-feira de manhã para receber instruções. Lampião finalizou seu discurso com seu grito de guerra tradicional, "Vida longa à Fazenda dos Bichos", e os animais foram dispensados após cantarem juntos "Bicharada do Brasil".

Logo após, Armínia deu uma volta pelo campo para acalmar os animais. Assegurou que a resolução contra o comércio e uso de dinheiro nunca fora aprovada, nem mesmo levada para votação. Era pura imaginação, provavelmente originada no início das fake news espalhadas por Maria Bonita. Alguns animais ainda não estavam convencidos, e Armínia perguntou marota:

– Vocês têm certeza de que não sonharam isso, camaradas? Possuem algum registro da resolução? Está escrita em algum lugar?

E como nada do tipo havia sido registrado, a bicharada aceitou que tinha se confundido.

Toda segunda, General Trampf visitava a fazenda como combinado. Ele era um homem baixinho e laranja, com um grande topete, acostumado a ter sucesso apenas com negócios escusos, mas esperto o suficiente para perceber antes de todos que a Fazenda dos Bichos precisava de um representante e lhe traria ótimas comissões.

Os animais observavam receosos seu ir e vir, e o evitavam ao máximo. Ainda assim, a visão de Lampião em quatro patas dando ordens ao General Trampf, de duas pernas, enchia-os de orgulho e parcialmente os ajudava a engolir aquele "acordão". A relação com a espécie humana estava diferente de antes.

Os animais humanos não deixaram de odiar a Fazenda dos Bichos agora que ela prosperava, na verdade o ódio aumentara. Cada humano tinha para si que cedo ou tarde ela iria à falência e, acima de tudo, a construção de Belovento falharia desastrosamente. Conversavam nos botecos e um provava ao outro, com diagramas desenhados, como a torre eólica estava fadada a ruir assim que ficasse de pé. Ou, ainda que não caísse, nunca funcionaria com a tecnologia chinesa que planejavam.

Apesar disso, mesmo contra a vontade, tinham desenvolvido um certo respeito pela eficiência com que os animais gerenciavam sua produção. Um sintoma dessa mudança foi passarem a chamar a Fazenda dos Bichos pelo seu nome correto, abandonando o Fazenda Iporã original. Também abandonaram o apoio a Seu Miguel, que desistira de reaver suas terras e fora viver em outro canto de Chapecó.

Exceto o General Trampf, ninguém mais tivera contato com a Fazenda dos Bichos, mas corriam rumores de que Lampião estava perto de uma aliança com Seu Moacir, da Fazenda Aurora, ou com o Velho Ageu, do Rancho Jacarezinho – mas nunca, o que era perceptível, com ambos simultaneamente.

Foi por essa época que o gado de repente fixou residência na antiga casa de Seu Miguel. Novamente, a bicharada lembrou de que isso fora proibido por um decreto nos dias iniciais da Libertação e novamente Armínia conseguiu convencê-los de que não era esse o caso. Era absolutamente necessário, disse, que o gado, sendo o cérebro da fazenda, tivesse um local silencioso para trabalhar. Também era mais adequado à dignidade do Líder (ultimamente ela o chamava por esse título) que ele vivesse em uma casa do que em um mero curral.

Ainda assim, alguns animais ficaram perturbados quando souberam que o gado não apenas comia na cozinha e usava a sala para recreação, como também dormia nas camas. Maguila engoliu isso com seu costumeiro "Lampião está sempre certo!", mas Olívia, certa de recordar do decreto contra camas, foi até a parede do celeiro e tentou ler os Sete Mandamentos ali escritos. Descobrindo-se incapaz de ler mais do que letras isoladas, ela chamou a cabra Lupi.

– Lupi, leia para mim o Quarto Mandamento. Não diz algo contra dormir em camas?

Com alguma dificuldade, Lupi leu em voz alta.

– Ele diz que "nenhum animal pode dormir em camas com lençóis".

Curiosamente, Olívia não havia lembrado que o Quarto Mandamento mencionava lençóis. Mas, se estava escrito na parede, devia estar certo. E Armínia, passando por ali acompanhada de dois cães de guarda, pôde aproveitar para explicar melhor a questão.

– Então vocês ouviram, camaradas, que o gado agora dorme nas camas da casa? E por que não? Vocês, certamente, não pensavam que algum dia alguém foi contra camas, né? Uma cama é simplesmente um lugar para se dormir. Um amontoado de palha no estábulo é uma cama, se pensarmos bem. O decreto sempre foi contra lençóis, essa invenção humana. Jogamos todos fora e dormimos só entre cobertores. E como são confortáveis as camas, viu! Mas não mais que o necessário, devo admitir, camaradas, dado todo nosso trabalho intelectual. Vocês não seriam contra nosso descanso, seriam, camaradas? Não querem nos ver exaustos em nossos deveres, né? Certamente não desejam a volta do Seu Miguel, né?

Os animais concordaram imediatamente nesse ponto e não se falou mais sobre as camas onde o gado dormia. E quando, dias depois, receberam o anúncio de que o gado levantaria uma hora mais tarde que o resto da bicharada todas as manhãs, também não houve reclamação alguma.

Pelo outono, os animais estavam cansados, mas felizes. Haviam tido um ano difícil e, após a venda de parte da colheita, o estoque de comida para o inverno não estava muito alto, mas a visão de Belovento compensava tudo. A torre eólica já estava quase na metade. Após a colheita, aproveitaram dias seguidos de tempo firme para acelerar a construção pegando ainda mais pesado no trabalho. Maguila inclusive passara a trabalhar algumas horas à noite.

Em suas folgas, a bicharada caminhava em volta da torre admirando sua altura e imponência, maravilhando-se com o que estavam conseguindo erguer de maneira surpreendente. Apenas o burro Nero se recusava a ficar entusiasmado com a tecnologia chinesa de Belovento, embora, como de costume, só externava sua observação de que burros tinham vida longa.

Junho chegou com forte vento Sul. A obra teve de parar, pois havia excesso de umidade para misturar o cimento. Uma noite, o vendaval foi tão forte que as instalações da fazenda balançaram e diversas telhas caíram. As galinhas acordaram gritando de terror, tinham sonhado que ouviam tiros sendo disparados.

Pela manhã, a bicharada foi ao pátio e notou que o mastro havia voado e uma grande árvore caíra sobre o pomar. Então um grito desesperado saiu da boca de todos. Avistaram uma cena terrível: Belovento estava destruída.

Correram para o local. Lampião, que nunca acelerava o passo, disparou à frente de todos. Sim, estava ao chão o fruto de todos os esforços, fora reduzido às fundações apenas, com as pedras espalhadas em volta. Incapaz de falar, observavam desesperançados os escombros.

Lampião andava de um lado para o outro mudo, ocasionalmente farejando o solo. Seu rabo balançava de um lado para o outro, rígido, sinal de intensa atividade mental. De repente, parou como se chegasse a uma conclusão.

– Camaradas, sabem quem foi responsável por isso? Sabem qual animal veio esta noite para derrubar Belovento? MARIA BONITA! – gritou ele com voz de trovão. – Maria Bonita fez isso! Foi pura maldade, quer atrasar nossos planos e se vingar da expulsão. Aquela traidora aproveitou a noite para se infiltrar e destruir nosso trabalho de quase um ano. Camaradas, aqui e agora eu sentencio Maria Bonita à pena de morte. Quem a trouxer para fazermos justiça receberá a medalha "Herói Animal de 2ª Classe" e meia saca de maçãs. Uma saca inteira se trouxerem viva!

Os animais ficaram em choque ao serem informados de que Maria Bonita era capaz de tal ação. Houve um berreiro de indignação e todos começaram a pensar em meios de capturá-la se ela aparecesse. Quase imediatamente descobriram as pegadas de uma vaca no pasto próximo à colina. Eles continuavam apenas por alguns metros, mas pareciam indicar a direção de um buraco na cerca. Lampião farejou e declarou serem de Maria Bonita. Disse que provavelmente ela viera da Fazenda Aurora.

– Sem mais atrasos, camaradas! – gritou Lampião após examinar as pegadas. – Há trabalho a fazer. Começaremos agora mesmo a reconstrução de Belovento, e vamos continuar durante todo inverno, sob sol e chuva. Ensinaremos a essa traidora miserável que ninguém pode desfazer nosso trabalho com tanta facilidade. Lembrem-se, camaradas, não podemos mudar os planos. Avante, camaradas! Vida longa à Belovento! Vida longa à Fazenda dos Bichos!

CAPÍTULO 7.

Foi um inverno amargo. O tempo chuvoso foi seguido de granizo e geadas, que não derreteram até setembro. A bicharada se esforçou ao máximo na reconstrução de Belovento, sabiam serem observados pelos humanos invejosos, que comemorariam se a torre não ficasse pronta a tempo.

Por despeito, os animais humanos fingiam não acreditar que fora Maria Bonita a responsável pela destruição, diziam que a torre caíra porque as paredes estavam muito finas. Os bichos sabiam não ser o caso. Ainda assim, ordenou-se que construíssem as paredes com o triplo da espessura dessa vez, o que significava mais trabalho na coleta de pedras.

Por um longo tempo, a pedreira estava coberta de geada e nada podia ser feito. Algum progresso foi feito em alguns dias quentes que se seguiram, mas o trabalho era cruel e os animais perdiam motivação. Estavam sempre congelando e, quase sempre, também com fome. Apenas Maguila e Olívia não desanimavam. Armínia fazia discursos excelentes sobre o prazer de servir e sobre a dignidade do trabalho, mas a bicharada se inspirava mais na força de Maguila e seu persistente lema "trabalhei mais duro!"

Em dezembro, a comida começou a acabar. A ração diária de milho foi reduzida drasticamente e foi anunciado que uma ração extra de batata serviria como compensação. Mas descobriu-se que grande parte do estoque de batatas havia congelado por não ter sido devidamente protegido. As batatas estavam molengas e brancas, poucas eram comestíveis. Por dias seguidos, os animais não tinham o que comer além de palha e aipim. A fome parecia encará-los com frieza.

Era vital esconder esse fato do mundo exterior. Encorajados pelo colapso da torre eólica, os humanos inventavam mais fofocas sobre a Fazenda dos Bichos. Mais uma vez, falavam que os animais estavam morrendo de fome e doenças, viviam em constantes brigas e tinham recorrido ao canibalismo e infanticídio. Lampião tinha plena consciência do que aconteceria se soubessem da verdade e decidiu utilizar General Trampf para espalhar fake news.

Até ali, a bicharada quase não tivera contato com ele. Agora, contudo, alguns selecionados, principalmente porcos, eram instruídos a casualmente citar que as rações de comida vinham aumentando. Lampião também ordenara que as caixas quase vazias do armazém fossem enchidas de areia e cobertas no topo por comida. Sob um pretexto qualquer, Trampf foi levado ao armazém e pôde observar todas aquelas caixas cheias. Ficou desapontado e espalhou para o mundo exterior que não havia escassez de comida na Fazenda dos Bichos.

Ainda assim, pelo final de julho, ficou óbvio que seria necessário comprarem grãos de algum lugar. Nessa época, Lampião raramente aparecia em público, passava o dia fechado na casa, escoltado por um cão mal-encarado em cada porta. Quando saía, caminhava de um jeito cerimonioso, com uma tropa de seis cães de guarda que rosnavam para quem se aproximasse. Frequentemente nem aparecia nos domingos de manhã, apenas enviava suas ordens por terceiros, geralmente Armínia.

Em um desses domingos, Armínia anunciou que as galinhas, que haviam acabado de botar ovos, deveriam entregá-los imediatamente. Lampião fechara um contrato, por meio de Trampf, de fornecer quatrocentos ovos por semana. A receita deles cobriria a compra de grãos e comida para manter a fazenda funcionando até o verão.

Quando as galinhas ouviram isso, berraram terrivelmente. Tinham sido avisadas de que o sacrifício poderia ser necessário, mas não imaginavam que aconteceria mesmo. Estavam se preparando para chocar os ovos para a primavera e protestaram que, levá-los embora agora, era assassinato. Pela primeira vez desde a expulsão de Miguel, houve algo semelhante a uma rebelião. Lideradas por três codornas negras, as galinhas protestaram contra as ordens de Lampião. O método era voar até as telhas, atirá-los de lá e deixá-los se despedaçarem no chão.

Lampião foi rápido e implacável. Decretou corte na ração das galinhas e, se outro animal lhes doasse um grãozinho de milho sequer, seria sentenciado à morte. Os cães se encarregaram para que o decreto fosse respeitado. As galinhas resistiram por cinco dias, mas capitularam e voltaram aos ninhos. Nove galinhas morreram no período. Seus corpos foram enterrados no pomar, explicou-se terem morrido de coccidiose. Trampf nunca soube de nada, recebia seus ovos na data marcada, um caminhão buscava semanalmente na fazenda.

Durante todo esse tempo, Maria Bonita não foi vista. Rumores corriam de estar escondida em uma das fazendas vizinhas, ou no Jacarezinho ou na Aurora. Lampião melhorara o relacionamento com outros fazendeiros. Isso porque no pátio havia uma pilha de madeira seca, estocada por dez anos, que Trampf o havia aconselhado de vender. Tanto Seu Moacir quanto o Velho Ageu tinham muito interesse em comprá-la.

Lampião hesitava indeciso. Parecia que, quando estava próximo de fechar com o Velho Ageu, corria um boato de que ele escondia Maria Bonita no Rancho Jacarezinho; quando se inclinava a vender para Seu Moacir, dizia-se que Maria Bonita estava era na Fazenda Aurora.

Subitamente, no início da primavera, algo alarmante foi descoberto: Maria Bonita frequentava secretamente a fazenda de noite! A bicharada ficou tão perturbada que quase não conseguia mais dormir. Toda noite, dizia-se, ela se aproveitava da escuridão e vinha fazer seus malfeitos. Roubava milho, virava baldes de leite de cabra, quebrava ovos, pisoteava sementes, destruía raízes das árvores frutíferas.

Quando dava algo errado, era normal culpar Maria Bonita. Se uma janela quebrava ou um cano entupia, alguém logo tinha certeza de que fora ela. Quando a chave do depósito foi perdida, toda a fazenda se convenceu de que Maria Bonita a jogara no açude. Curiosamente, continuaram acreditando nisso mesmo depois de acharem a chave embaixo de um saco de farinha. As cabras declararam em uníssono que Maria Bonita viera até o estábulo e as ordenhara enquanto dormiam. Os ratos, que deram trabalho no inverno, eram acusados de serem do time de Maria Bonita.

Lampião ordenou uma investigação minuciosa sobre as atividades de Maria Bonita. Com seus cães em guarda, ele saiu e inspecionou com cuidado as instalações da fazenda, a bicharada o seguiu a uma distância respeitosa. A cada passo, Lampião parava e farejava o solo por traços e pegadas de Maria Bonita, que afirmava conseguir identificar pelo cheiro. Ele farejava no celeiro, no armazém, na granja, na horta, e encontrava traços dela em quase todos os lugares. Ele colava seu focinho no solo, inspirava profundamente e exclamava com voz terrível:

– Maria Bonita! Ela passou aqui! Posso sentir seu fedor!

Quando ele falava aquele nome, todos os cães latiam ferozmente e mostravam seus caninos. Os animais estavam aterrorizados. Sentiam que Maria Bonita era um tipo de entidade invisível flutuando pelo ar ameaçadora. Uma noite, Armínia reuniu todos e, com uma expressão de medo, explicou ter notícias sérias a reportar.

– Camaradas! A coisa mais terrível foi descoberta. Maria Bonita se vendeu para o Velho Ageu, do Rancho Jacarezinho, que está planejando atacar e roubar nossa fazenda! Maria Bonita vai atuar como guia no início do ataque. Mas tem coisa pior. Pensávamos que a rebelião de Maria Bonita fosse apenas causada por sua vaidade e ambição. Mas estávamos errados, camaradas. Sabem o real motivo? Maria Bonita estava no time de Seu Miguel desde o início! Era uma espiã dele o tempo inteiro. Tudo foi provado por documentos que ela esqueceu aqui e acabamos de encontrar. Para mim, isso explica muita coisa, camaradas.

Não vimos com nossos próprios olhos como ela tentou, felizmente sem sucesso, nos sabotar na Batalha do Estábulo?

A bicharada ficou perplexa. Isso era um crime ainda maior do que ter destruído Belovento. Mas levou alguns minutos até entenderem toda a situação. Todos recordavam, ou pensavam recordar, como Maria Bonita liderara a Batalha do Estábulo, como ela brigava e encorajava todos a cada momento, e como ela não parara nem quando o tiro de Seu Miguel lhe atingira de raspão nas costas. No início, fora difícil compreender como isso se encaixava com ela ser do time de Seu Miguel. Mesmo Maguila, que nunca questionava, estava confuso. Ele se deitou, ajeitou as patas embaixo do corpo, fechou os olhos e, com grande esforço, conseguiu se expressar:

– Não acredito nessa teoria de conspiração – afirmou ele. – Maria Bonita lutou bravamente na Batalha do Estábulo. Eu vi com meus próprios olhos. E não demos a ela a medalha de "Herói Animal de 1ª Classe" logo na sequência?

– Esse foi nosso erro, camarada. Pois agora sabemos – e está tudo escrito nos documentos secretos encontrados – que na verdade ela estava tentando nos arruinar.

– Mas ela estava ferida – disse Maguila. – Todos a vimos correndo com sangue no ferimento.

– Era parte da encenação! – berrou Armínia. – O tiro do Seu Miguel pegou muito de raspão. Eu até lhes mostraria as anotações do plano se vocês pudessem ler. O combinado era Maria Bonita, em um momento crítico, dar um sinal de fuga e deixar o campo para o inimigo. E ela quase teve sucesso – e até ouso dizer, camaradas, que ela TRIUNFARIA se não fosse por nosso heroico Líder, Camarada Lampião. Lembram-se como, no exato momento em que Miguel e seus capangas entraram no pátio, Maria Bonita subitamente se virou e fugiu, sendo seguida por vários animais? E lembram-se que, justo na hora do pânico, nosso Camarada Lampião berrou "Morte aos Humanos!" e afundou os dentes na perna de Miguel? Certamente se lembram DISSO, né?

Agora com a descrição tão gráfica de Armínia, a bicharada parecia começar a se lembrar. Ao menos se recordavam bem da fuga de Maria Bonita no momento crítico. Contudo, Maguila continuava inquieto.

– Não acredito que Maria Bonita fosse uma traidora no início – disse finalmente. – O que fez desde então é diferente. Mas acredito que na Batalha do Estábulo ela foi uma boa camarada.

– Nosso líder, Camarada Lampião – anunciou Armínia firme –, enfatizou categoricamente (categoricamente, camarada) que ela era capanga do Miguel desde o início. Sim, desde muito antes de pensarmos sobre a Libertação.

– Ah, isso é diferente! – disse Maguila. – Se o Camarada Lampião falou isso, deve estar certo.

– Esse é o espírito, camarada! – berrou Armínia, com olhar atravessado para Maguila.

Ela se virou para ir embora, mas parou para complementar:

– Aviso que todos devem ficar de olhos muito abertos, pois temos motivos para suspeitar de ainda existirem entre nós agentes de Maria Bonita!

Quatro dias depois, no final da tarde, Lampião ordenou a todos os animais para se reunirem no pátio. Quando estavam todos juntos, Lampião saiu da casa vestindo ambas as medalhas de honra (ele havia recentemente se premiado com a "Herói Animal de 1ª Classe" e com a "Herói Animal de 2ª Classe"), acompanhado de seus nove cães gigantes com seus rosnados que faziam a bicharada estremecer a espinha. Todos se encolheram quietos em seus lugares, pareciam prever algo terrível.

Lampião observou a audiência com seriedade e soltou um mugido agudíssimo. Imediatamente os cães pularam em frente, capturaram quatro bois pelas orelhas e os trouxeram, berrando de dor e terror, até os pés de Lampião. As orelhas dos bois sangravam, os cães sentiram esse gosto e por alguns momentos pareciam ensandecidos.

Para surpresa de todos, três dos cães partiram para cima de Maguila. Maguila os viu se aproximando e preparou um gancho de direita que acertou um inimigo em cheio no meio do salto. O cão, agarrado por Maguila, pediu clemência e os outros dois fugiram com o rabo entre as pernas. Maguila olhou para Lampião para saber se matava o cão ou o liberava. Lampião pareceu vacilar e ordenou que o cão fosse solto, Maguila levantou sua pata e o deixou fugir mancando e chorando.

O tumulto acabou. Os quatro bois aguardavam, tremendo, com cara de culpados. Lampião ordenou que confessassem seus crimes. Eram os quatro novilhos que haviam protestado quando Lampião abolira as Reuniões de domingo. Sem delongas, eles confessaram terem mantido contato com Maria Bonita desde a expulsão dela, terem auxiliado na destruição de Belovento e colaborado no acordo para entregar a Fazenda dos Bichos ao Velho Ageu. Complementaram dizendo que Maria Bonita lhes confessara ser agente espiã de Seu Miguel há muitos anos.

Quanto terminaram a confissão, os cães imediatamente rasgaram as gargantas dos novilhos e, em um tom de voz terrível, Lampião perguntou se mais algum animal tinha algo a confessar.

As três codornas, que tinham se revoltado na crise dos ovos, deram um passo à frente e admitiram ter sonhado com Maria Bonita lhes incentivando a serem desobedientes com Lampião. Elas também foram executadas. Então, um peru deu um passo adiante e confessou ter escondido seis espigas de milho da última safra e comido escondido à noite.

Na sequência, uma cabra confessou ter urinado no poço – ideia de Maria Bonita, afirmou – e duas outras confessaram terem matado um velho bode, seguidor fiel de Lampião, fazendo-o correr em volta de uma fogueira enquanto ele sofria de um ataque de asma. Foram todas ao paredão, também executadas na hora.

E assim a corrente de confissões e execuções continuou até acumular uma grande pilha de cadáveres aos pés de Lampião e deixar o ar com um cheiro forte de sangue, um fedor esquecido desde a expulsão de Miguel.

Quando tudo terminou, a bicharada restante, exceto pelo gado e pelos cães, foi embora em bloco. Estavam tremendo em choque. Não sabiam o que mais os assustara, se a traição dos animais que haviam se unido a Maria Bonita ou a cruel pena aplicada.

$$$Em tempos passados, houve cenas sangrentas tão terríveis quanto, mas parecia pior agora quando eles mesmos eram responsáveis. Desde a expulsão de Seu Miguel, nenhum animal havia matado outro. Nem mesmo um rato havia sido assassinado.

Encaminharam-se à colina onde a inacabada Belovento ficava e concordaram em se deitar para se aquecerem uns aos outros – Olívia, Lupi, Nero, os porcos, as cabras, as galinhas e perus –, realmente todos exceto o gato, que desaparecera pouco antes de Lampião chamar a reunião. Por um tempo, ninguém falou. Apenas Maguila se mantinha em pé. Caminhava de um lado a outro balançando a cauda e ocasionalmente bufando. Finalmente, falou:

– Não entendo. Nunca imaginaria que essas coisas aconteceriam em nossa fazenda. Deve ser algum problema em nós mesmos. A solução, avalio, é trabalharmos mais duro. A partir de hoje, acordarei uma hora mais cedo toda manhã.

E saiu trotando até a pedreira, pegou duas cargas de pedras e trouxe até o local da construção antes de ir embora dormir.

Os animais se amontoaram em silêncio em volta de Olívia. A colina lhes proporcionava uma ampla vista do terreno. A maior parte da Fazenda dos Bichos estava no seu campo de visão – o grande pasto se estendendo até a rodovia, o milharal, o açude, o pomar, os campos arados onde crescia verdinha a nova plantação e os telhados vermelhos das instalações da fazenda com fumaça saindo pelas chaminés.

Era um fim de tarde de primavera com céu limpo. O pasto e as árvores estavam iluminados pelos raios horizontais do sol. Nunca a fazenda lhes parecera tão agradável, fazenda que pertencia a eles mesmos.

Enquanto Olívia observava o campo, seus olhos se encheram de lágrimas. Se ela pudesse expressar seus sentimentos, teria dito que aquele não era o objetivo pelo qual expulsaram os animais humanos e trabalharam tanto nos últimos anos. Essas cenas de terror e carnificina não eram o que imaginaram construir naquela noite quando Papa Juca incitou a revolução.

Ela havia imaginado uma sociedade de animais igualitária, sem fome nem chicote, todos trabalhando de acordo com suas capacidades, o forte protegendo o fraco. Ao invés disso – ela não sabia o motivo –, passaram a viver em um tempo em que todos tinham medo de se expressar, onde cães raivosos os ameaçavam, onde presenciavam camaradas serem executados e despedaçados após confessarem crimes chocantes.

Não lhe vinha uma ideia de rebelião ou desobediência. Sabia que, ainda assim, estavam vivendo muito melhor que na época de Seu Miguel, e acima de tudo era preciso evitar o retorno dos animais humanos.

Independentemente do que ocorresse, ela se manteria fiel, trabalharia duro, obedeceria às ordens e aceitaria a liderança de Lampião. Mesmo assim, não era para aquele tipo de mundo que ela e o resto dos animais tanto se dedicaram. Não era para aquele modelo de sociedade que construíam a torre e enfrentavam os tiros de Seu Miguel. Esses eram os pensamentos dela, embora não conseguisse traduzi-los em palavras.

Por fim, começou a cantar "Bicharada do Brasil" sentindo que isso comunicaria seus pensamentos. Os animais em volta a acompanharam e cantaram três vezes juntos – bastante afinados, mas em ritmo lento e deprimido, como nunca antes haviam cantado.

Mal acabaram a terceira cantoria, Armínia se aproximou escoltada por dois cães. Tinha um ar de trazer algo importante. Anunciou que, por decreto especial do Camarada Lampião, o hino "Bicharada do Brasil" estava proibido dali em diante. Os animais ficaram surpresos.

– Por quê? – chorou Lupi.

– Não é mais necessário, camaradas – disse Armínia com firmeza. – "Bicharada do Brasil" era uma música para a Libertação. Mas a Libertação está completa agora. A execução dos últimos traidores esta tarde foi o último ato. Tanto os inimigos externos quanto os internos foram derrotados. No hino "Bicharada do Brasil", cantamos pelo desejo de uma sociedade melhor. Mas essa sociedade agora está estabelecida. Claramente, esse canto não tem mais propósito.

Embora amedrontados, alguns animais se preparavam para protestar, mas nesse momento os leitões iniciaram seu berreiro usual de "quatro pernas bom, duas pernas ruim" que durou diversos minutos e encerrou a discussão.

Então "Bicharada do Brasil" não foi mais ouvida. No seu lugar, Olavete, o poeta oficial, havia composto outra música, que começava com:

"Fazenda dos Bichos

Fazenda dos Bichos, nosso lar

nunca passarão por cima de nós

para te derrubar!"

E o novo hino passou a ser cantado todos os domingos de manhã após o hasteamento da bandeira. Mas, para os animais, nem a letra nem a melodia chegavam aos pés de "Bicharada do Brasil".

CAPÍTULO 8.

Poucos dias depois, quando o terror causado pelas execuções começava a reduzir, alguns animais se lembraram – ou pensavam se lembrar – que o Sexto Mandamento era "nenhum animal pode matar outro animal". E embora ninguém tivesse citado isso durante o julgamento, sentiam que as execuções não respeitaram esse mandamento.

Olívia pediu para Nero ler em voz alta e, quando ele se recusou como de costume a se misturar nessas questões, ela chamou Lupi, que concordou em ler. O mandamento dizia: "nenhum animal pode matar outro animal SEM JUSTA CAUSA". Por algum motivo, as três últimas palavras tinham fugido da memória da bicharada. Mas agora viam, o mandamento não fora desrespeitado, pois realmente havia uma causa justa para as execuções dos traidores aliados de Maria Bonita.

Ao longo do ano, os animais trabalharam ainda mais duro. Foi tremendamente cansativa a reconstrução de Belovento até a data combinada e com o dobro de espessura nas paredes. Havia momentos em que o trabalho parecia mais intenso e com menos recompensa em comida que na época de Seu Miguel.

Aos domingos de manhã, Armínia segurava um longo papel entre suas patas e lia para todos alguns gráficos comprovando o aumento de duzentos, trezentos ou quinhentos por cento, conforme o caso, na produção de alguns alimentos. A bicharada não via razão para desconfiar, até porque não lembravam mais como eram as condições antes da Libertação. Em todo caso, havia dias em que preferiam ter menos contabilidade e mais comida.

Todas as ordens eram agora comunicadas por Armínia ou algum outro membro do gado. Lampião não era mais visto em público com frequência. Quando aparecia, era escoltado não apenas por sua tropa de cães, mas também por um galo negro, que marchava à frente abrindo caminho como um trompetista antes de Lampião iniciar seus discursos.

Mesmo na antiga casa de Miguel, diziam, Lampião tinha um quarto separado só para ele. Fazia suas refeições sozinho, servido por dois cães, sempre utilizando a cerâmica importada encontrada na cristaleira. Também foi anunciado que a arma seria disparada no aniversário dele, além das outras duas datas comemorativas.

Lampião já não era mais chamado simplesmente pelo nome. Sempre se referiam a ele de maneira formal com "nosso Líder, camarada Lampião" e o gado gostava de inventar outros títulos como "capitão da bicharada", "carrasco de animais humanos", "redentor dos rebanhos", "parceiro dos patos" e assim por diante.

Nos seus discursos, Armínia falava emocionada sobre a sabedoria de Lampião, seu bom coração e o amor profundo que tinha por todos os animais do mundo, mesmo os infelizes que ainda viviam na ignorância e escravidão em outras fazendas.

Tornou-se usual atribuir a Lampião o crédito de todas as conquistas ou golpes de sorte que ocorriam. Eram comuns comentários como "sob o governo do nosso Líder, camarada Lampião, botei cinco ovos em seis dias"; ou, se dois porcos brincavam no açude, exclamavam "graças à liderança do camarada Lampião, essa água é deliciosa!"

O sentimento geral na fazenda era bem resumido no poema intitulado Camarada Lampião, composto por Olavete:

"Amigo dos órfãos!

Fonte de felicidade!

Capitão do curral! Oh, como minha alma

se incendeia quando vejo seu

olhar calmo e sabichão

como o sol no céu

Camarada Lampião!

Você é o provedor que dá
Tudo que seus seguidores amam
Barriga cheia todo dia, palha limpa para "deitá"
Todo bicho, grande ou pequeno
Dorme em paz em seu feno
E você, tão trabalhador, não
Camarada Lampião!

Se eu tivesse um bezerrinho
Antes que ficasse crescidinho
Grande como barril ou um bujão
Ele já aprenderia a ter gratidão
E ser fiel a você, capitão
Sim, seu primeiro mugido seria
"Camarada Lampião!"

Lampião aprovou esse poema e ordenou que fosse pintado no grande celeiro, em uma parede de frente para os Sete Mandamentos. Foi acompanhado de um retrato de Lampião, de perfil, pintado por Armínia.

Enquanto isso, com Trampf de intermediário, Lampião se engajava em complicadas negociações com Velho Ageu e Seu Moacir. A pilha de madeira ainda não havia sido vendida. Ageu estava mais interessado na compra, mas não fazia uma boa oferta e corriam rumores de estar planejando com seus capangas um ataque à Fazenda dos Bichos; destruiriam Belovento, tinham inveja da construção.

Maria Bonita continuava escondida no Rancho Jacarezinho. No meio do verão, a bicharada se alarmou ao ouvir que, inspiradas por ela, três galinhas haviam confessado participação em um complô para matar Lampião. Foram executadas imediatamente e surgiram novas medidas de segurança. Quatro cães vigiavam a cama de Lampião toda noite e um bezerro chamado Estalinho ficou encarregado de provar toda comida que lhe era servida, para verificar se fora envenenada.

Por essa época, Lampião fechou um acordo de venda da madeira com Seu Moacir, também incluindo uma troca regular de produtos entre a Fazenda dos Bichos e a Fazenda Aurora. As relações de Lampião e Moacir, embora intermediadas por Trampf, eram já quase de amizade. Os animais desconfiavam de Moacir, por ser humano, mas preferiam ele ao Velho Ageu, que além de desconfiança também gerava temor.

Conforme o verão avançava e a construção de Belovento se aproximava do fim, aumentavam os rumores de um ataque. Ageu, diziam, pretendia trazer vinte homens armados e já tinha se acertado com os juízes e a polícia: assim que tomasse posse da Fazenda dos Bichos, ninguém contestaria.

Além do mais, histórias terríveis vazavam do Rancho do Jacarezinho descrevendo crueldades que o Velho Ageu fazia com animais. Ele havia chicoteado um cavalo até a morte, deixava porcos morrerem de fome, matara um cão atirando-o na fogueira, promovia rinhas de galos só por prazer. O sangue dos animais fervia de raiva quando ouviam essas crueldades contra seus camaradas, e algumas vezes pediam permissão para atacar o Rancho do Jacarezinho, expulsar os humanos e libertar a bicharada. Mas Armínia os aconselhava a não se precipitar, a confiar na estratégia do Camarada Lampião.

Ainda assim, o ódio ao Velho Ageu aumentava. Numa manhã de domingo, Lampião apareceu no celeiro e explicou que nunca cogitara de verdade vender a madeira para Ageu; considerava indigno, dizia, fazer negócios com aquele mau-caráter.

Os papagaios, que ainda eram enviados para espalhar notícias da Libertação, foram proibidos de entrar na Fazenda

Aurora e receberam ordem de trocar o slogan "morte à humanidade" por "morte ao Velho Ageu".

Ao final do verão, uma nova sabotagem de Maria Bonita foi descoberta. O milharal crescia cheio de ervas daninhas e descobriram que, em uma de suas visitas noturnas, fora Maria Bonita quem misturara as sementes. Um ganso confessou tê-la ajudado e imediatamente se suicidou comendo frutinhas venenosas.

A bicharada também descobrira que, diferente do que imaginavam, Maria Bonita nunca recebera a medalha "Herói Animal de 1ª Classe". Era apenas uma fake news espalhada por ela própria após a Batalha do Estábulo. Ao invés de ter sido condecorada, na verdade, ela havia levado uma bronca por mostrar covardia na batalha. Mais uma vez, os animais ouviram isso com desconfiança, mas Armínia foi rápida em convencê-los de terem memória ruim.

No outono, após um esforço extremamente desgastante – até porque a colheita tivera de ser feita em paralelo –, Belovento estava finalizada. O maquinário e as pás ainda deviam ser instalados, e Trampf negociava a compra com os chineses, mas a estrutura da torre estava completa.

A despeito das dificuldades e da inexperiência, dos equipamentos primitivos e das sabotagens de Maria Bonita, a obra terminara pontualmente no dia combinado! Esgotados, mas orgulhosos, os animais circulavam sua obra de arte, parecia ainda mais bonita agora que da primeira vez. Ainda por cima tendo as paredes com o dobro da espessura. Só dinamite seria capaz de derrubá-la agora!

E quando eles lembravam de todo o trabalho, todas as frustrações superadas, e a grande diferença na qualidade de vida que teriam quando as pás estivessem girando, quando pensavam em tudo isso, esqueciam do cansaço e pulavam em volta de Belovento dando gritos de triunfo. Lampião mesmo, escoltado por seus cães e seu galo, veio inspecionar a obra finalizada; ele parabenizou pessoalmente os animais por sua conquista e anunciou que rebatizaria a torre para "Belovento de Lampião".

Dois dias depois, a bicharada foi chamada para um encontro no celeiro. Foram surpreendidos quando Lampião anunciou ter vendido a pilha de madeira para o Velho Ageu. No dia seguinte, os caminhões de Ageu chegariam para iniciar o transporte. Durante todo o período de suposta amizade com Seu Moacir, Lampião na verdade negociava secretamente com Ageu.

Todas as relações com a Fazenda Aurora foram interrompidas, mensagens de insultos foram enviadas a Moacir. Os papagaios foram avisados para evitar o Rancho Jacarezinho e alterar o slogan "Morte ao Velho Ageu" para "Morte ao Seu Moacir". Ao mesmo tempo, Lampião assegurava aos animais de que as histórias de um ataque iminente à Fazenda dos Bichos eram fake news, e que as histórias sobre a crueldade do Velho Ageu com seus próprios animais eram exageradas.

Todos esses rumores, provavelmente, haviam surgido de Maria Bonita e seus agentes secretos. Agora parecia que ela não estava de verdade escondida no Jacarezinho, nem nunca estivera lá na vida; estava vivendo – com considerável luxo, diziam – na Fazenda Aurora, era hóspede de Moacir há anos.

O gado estava em êxtase com a malandragem de Lampião. Fingindo ser amigo de Seu Moacir, forçou o Velho Ageu a aumentar sua oferta. Mas a inteligência de Lampião, dizia Armínia, estava no fato de ele não confiar em ninguém, nem mesmo em Ageu. Este queria pagar a madeira com algo chamado "cheque", o que parecia ser um papel com uma promessa de pagamento assinada. Mas Lampião era mais esperto que ele. Exigiu pagamento em dinheiro vivo, devia ser entregue antes mesmo de começar o transporte da madeira. Ageu acabara de pagar e a soma era exatamente o que precisavam para comprar as últimas peças da torre eólica.

A madeira foi levada rapidamente. Quando os últimos caminhões foram embora, uma nova Reunião Especial foi chamada no celeiro para os animais analisarem o pagamento. Sorrindo como um santo, e vestindo suas medalhas, Lampião se deitou em uma cama de palha no palanque, com o dinheiro ao lado cuidadosamente empilhado sobre uma louça chinesa da antiga casa de Miguel. Os animais passaram em fila para observar e Maguila inclusive cheirou as notas, fazendo algumas voarem com sua respiração.

Três dias depois, houve um terrível deus nos acuda. Trampf, branco e pálido, chegou correndo com sua bicicleta pelo caminho da entrada, jogou-a no pátio e foi direto para a casa. No momento seguinte, um angustiante grito de raiva ecoou do quarto de Lampião. A notícia ruim se espalhou rápido. As notas de dinheiro eram falsas! Ageu levara a madeira sem pagar nada!

Lampião reuniu a bicharada imediatamente e, com voz terrível, decretou sentença de morte para o Velho Ageu. Quando fosse capturado, disse, Ageu deveria ser cozido vivo. Também avisou que, após aquela traição, deveriam esperar por coisas piores. Ageu e seus capangas poderiam realizar um ataque a qualquer momento. Sentinelas foram colocadas em todas as entradas da fazenda. Além disso, quatro papagaios foram enviados à Fazenda Aurora com uma mensagem de reconciliação, tinham esperança de retomar boas relações com Seu Moacir.

O ataque veio logo na manhã seguinte. Os animais tomavam café da manhã quando as sentinelas vieram correndo com a notícia de que Ageu e seus capangas já haviam ultrapassado o portão principal. Cheios de coragem, os animais saíram para encará-los, mas desta vez não tiveram uma vitória fácil como na Batalha do Estábulo. Eram quinze homens, meia dúzia deles armados, e abriram fogo assim que chegaram a uma distância de quarenta metros.

Os animais não conseguiam suportar as explosões terríveis e os tiros passando de raspão, e, apesar dos esforços de Lampião e Maguila para atiçá-los a lutar, logo recuaram; vários deles já feridos. Refugiaram-se nas instalações da fazenda, espiando por buracos entre as tábuas.

Todo o pasto, inclusive a área de Belovento, estava dominada pelo inimigo. Até Lampião estava desnorteado. Andava de um lado para o outro em silêncio, olhava com ansiedade para a direção da Fazenda Aurora. Se Moacir e seus homens viessem ajudá-los, ainda poderiam ganhar a batalha. Mas nesse momento os quatro papagaios chegaram com um pedaço de papel no bico. Vinha de Seu Moacir e, escrito a lápis, dizia "Bem-feito para vocês".

Enquanto isso, Ageu e seus capangas haviam parado ao lado de Belovento. Os animais observavam e começaram a murmurar em desespero. Dois dos homens sacaram um pé de cabra e uma enxada. Iriam derrubar a torre.

– Impossível! – gritou Lampião. – Construímos as paredes muito grossas para isso. Eles não conseguirão desmontá-las nem em uma semana. Coragem, camaradas!

Mas o burro Nero observava o movimento dos inimigos com atenção. Os dois com a enxada e o pé de cabra estavam cavando um buraco ao lado da base da torre. Lentamente, e com ar quase alegre, Nero balançou seu focinho.

– Era o que eu imaginava – disse ele. – Não veem o que eles estão fazendo. Em alguns instantes vão colocar dinamite no buraco.

Aterrorizados, os animais esperavam. Era impossível sair do abrigo das instalações. Momentos depois, os homens saíram correndo em todas as direções. Então, veio um barulho ensurdecedor. Os pássaros voaram e o resto dos animais, exceto Lampião, se agachou com as mãos sobre a cabeça. Quando se levantaram de volta, uma imensa fumaça negra ocupava o local onde antes era Belovento. Aos poucos a fumaça se dissipou. Não existia mais torre alguma!

Essa cena trouxe coragem de volta à bicharada. O medo e desespero de momentos antes se tornaram raiva contra aquele ato horrível. Gritos de vingança surgiram e, sem aguardar ordens, todos saíram para atacar o inimigo. Dessa vez, não se escondiam das balas, que passavam raspando por eles.

Foi uma batalha dura e selvagem. Os homens atiravam em sequência e, quando os animais se aproximavam, davam chutes e batiam com bastões. Um porco, três cabras e dois gansos foram mortos. Quase todos ficaram feridos. Até Lampião, que ficara na retaguarda direcionando as operações, foi atingido de raspão na ponta do rabo.

Mas os humanos também não saíram ilesos. Três deles tiveram as cabeças quebradas por golpes de Maguila; outro capanga jorrava sangue pela barriga após uma chifrada de um touro; mais outro ficara sem calças após um ataque de Marujo e Baleia. E quando os nove cães de guarda de Lampião atacaram, após darem a volta para surpreender os humanos por trás, o pânico foi generalizado. Os humanos viam que estavam quase cercados. Ageu gritou para seus capangas saírem dali antes que fosse tarde, e em poucos segundos os covardes fugiram correndo. A bicharada os perseguiu até a cerca e ainda conseguiu alguns golpes antes de expulsá-los.

Haviam vencido, mas estavam feridos e ensanguentados. Lentamente, voltaram mancando para as instalações da fazenda. A vista de seus camaradas mortos pelo pasto os levou às lágrimas. E por alguns momentos eles também pararam lamentando as ruínas de Belovento. Sim, estava completamente destruída! Até as fundações ficaram avariadas. Nem poderiam ser reaproveitadas as pedras espalhadas pela explosão, atiradas e despedaçadas a centenas de metros de distância. Era como se Belovento nunca tivesse existido.

Quando se aproximaram das casas, Armínia, que sem motivo claro estivera ausente da batalha, correu até eles balançando o rabo com satisfação. E a bicharada ouviu, vindo das instalações da fazenda, um tiro solene de espingarda.

– Para que serve esse tiro? – perguntou Maguila.

– Para celebrar nossa vitória! – berrou Armínia.

– Que vitória? – perguntou Maguila, com seus joelhos sangrando, as patas machucadas e uma dúzia de balas cravadas no corpo.

– Que vitória, camarada? Não acabamos de expulsar o inimigo de nossas terras? Do solo sagrado da nossa Fazenda dos Bichos?

– Mas eles destruíram Belovento. Um trabalho de dois anos!

– Qual o problema? Construiremos outro. Podemos construir seis torres se quisermos. Você não está percebendo, camarada, a ação poderosa que fizemos. O inimigo ocupava todo nosso terreno. Mas agora, graças à liderança do camarada Lampião, recuperamos completamente o território!

– Então ganhamos o que tínhamos antes – disse Maguila.

– Essa é nossa vitória – disse Armínia.

Eles mancaram até o pátio. As balas na perna traseira de Maguila doíam ao extremo. Ele imaginava todo o trabalho de reconstruir Belovento desde as fundações, e mesmo na imaginação já se viu refazendo tudo. Mas pela primeira vez lhe ocorreu que já tinha onze anos e talvez seus músculos não aguentassem.

Contudo, quando os animais viram a bandeira verde hasteada e ouviram novos tiros de espingarda – no total foram dezessete –, e ouviram o discurso de Lampião, parabenizando-os pelo esforço, começaram a compreender que tinham conquistado uma grande vitória.

Os animais mortos na batalha receberam um funeral solene. Maguila e Olívia puxavam a carroça fúnebre e o próprio Lampião caminhava à frente. Foram dois dias inteiros de celebrações. Houve cantorias, discursos, mais tiros de espingarda, uma maçã especial de presente para cada animal, uma porção de milho para cada ave e três biscoitos para cada cão.

Foi anunciado que a batalha seria batizada de Batalha de Belovento, e que Lampião criaria mais uma condecoração, a Ordem da Bandeira Verde, e depois a atribuíra a si mesmo.

Na felicidade geral, o infeliz caso das notas de dinheiro falso foi logo esquecido.

Alguns dias depois, o gado encontrou um barril de cachaça no porão da casa. Nessa mesma noite, altas cantorias saíam da casa e, para surpresa de todos, a letra de "Bicharada do Brasil" estava toda errada. Em torno das nove e meia da noite, Lampião foi visto saindo pela porta dos fundos usando um chapéu antigo de Seu Miguel, galopando um pouco pelo pátio e retornando para dentro. Mas, pela manhã, a casa estava em completo silêncio. Nenhum bovino de pé. Era quase nove da manhã quando Armínia apareceu, caminhando lentamente, cambaleante e com olhar perdido, parecia gravemente doente. Chamou a bicharada e avisou ter uma notícia terrível para dar. O camarada Lampião estava morrendo!

Gritos de lamentação ecoaram. Palha foi colocada em volta da casa e a bicharada andava na ponta dos pés. Com lágrimas nos olhos, perguntavam-se o que fariam se o Líder morresse. Surgiu um rumor de que Maria Bonita fora responsável por envenenar a comida de Lampião. Às onze da manhã, Armínia saiu da casa com outro anúncio. Como seu último ato em vida, camarada Lampião decretava solenemente: a ingestão de álcool seria punida com a morte.

À noite, contudo, Lampião parecia estar melhor e, na manhã seguinte, a bicharada foi informada de sua boa recuperação. Nessa segunda noite, ele já voltou ao trabalho e, no dia seguinte, ficou-se sabendo que ele enviara Trampf a Chapecó para comprar livros sobre cerveja artesanal e destilação. Uma semana depois, Lampião deu ordens para tratarem a terra atrás do pomar, ali plantariam cevada.

Por essa época, ocorreu um incidente estranho e incompreensível. Uma noite, quase madrugada, um barulho de batida veio do pátio e a bicharada correu para ver. A lua iluminava bem a noite. Ao lado da parede do celeiro onde ficavam os Sete Mandamentos, havia uma escada partida. Armínia, momentaneamente desnorteada, estava caída ao lado de uma lanterna, um pincel e um balde virado espalhando tinta branca pelo chão. Os cães imediatamente a rodearam e escoltaram para a casa assim que ela conseguiu caminhar. Nenhum animal entendia o que a cena significava, exceto Nero, que balançava a cabeça parecendo sabichão, mas sem dizer nada.

Entretanto, alguns dias depois, Lupi releu os Sete Mandamentos e percebeu mais um que a bicharada lembrava errado. Pensavam que o quinto mandamento era "Nenhum animal pode beber álcool", mas pareciam se esquecer das duas últimas palavras. Na verdade, o mandamento dizia "Nenhum animal pode beber álcool EM EXCESSO".

CAPÍTULO 9.

O casco de Maguila demorou para cicatrizar. A reconstrução de Belovento recomeçara um dia após o fim das celebrações. Maguila se recusou a tirar folga e, por honra, não demonstrava sofrimento com a dor. De noite, confessava apenas para Olívia. Ela o tratou com ervas medicinais, mastigadas por ela mesma, e fazia coro com Nero pedindo que ele descansasse mais.

– O pulmão de um cavalo não dura para sempre – dizia ela.

Mas ele não ouvia. Dizia ter apenas uma última ambição na vida: ver a torre eólica funcionando antes de sua aposentadoria.

No início, quando as leis da Fazenda dos Bichos foram formuladas, a idade de aposentadoria para cavalos e porcos era doze anos, para o gado, dez (nove para cães, sete para cabras e cinco para galinhas). Boas pensões haviam sido planejadas, mas até ali ninguém se aposentara ainda.

O assunto era cada vez mais discutido. Para os cavalos, a pensão deveria ser três quilos de milho por dia no verão e, no inverno, oito de feno. Nos feriados, uma maçã ou uma cenoura. Maguila faria doze anos no verão seguinte.

Enquanto isso, a vida continuava dura. O inverno era tão frio quanto o anterior, mas havia ainda menos comida. As rações foram reduzidas novamente, exceto para o gado e para os cães. Uma igualdade muito rígida nas rações, explicava Armínia, seria contra os princípios do animalismo.

Ela provava sem dificuldades que NÃO havia escassez de comida como parecia. Por um tempo, reajustes nas porções eram necessários (ela falava sempre "reajuste", nunca "redução"), mas em comparação com os tempos de Seu Miguel a situação era muito melhor. Lendo em voz alta e aguda suas estatísticas, ela demonstrava terem mais estoque de milho, arroz e feijão do que na Ditadura Miguelina. Também trabalhavam menos, bebiam água de melhor qualidade, viviam mais, possuíam menor mortalidade infantil, tinham mais palha no estábulo e sofriam menos com pulgas. A bicharada acreditava em cada palavra.

Na verdade, já não lembravam muito bem. Sabiam que no passado a vida era dura, estavam sempre com frio e fome, e não tinham tempo para lazer. Mas tinham dúvidas se era pior mesmo. Gostavam de acreditar que sim. Além do mais, antigamente eram escravos e agora estavam livres, isso fazia toda a diferença, como Armínia não esquecia de apontar.

Havia muito mais bocas para alimentar agora. No outono, quatro vacas deram cria juntas a um total de trinta e um novos bezerros. Todos malhados. Sendo Lampião o único touro malhado também, era fácil adivinhar a paternidade. Foi anunciado que, em breve, construiriam uma escola no jardim. Até lá, os bezerros tinham aulas em casa com o próprio Lampião e eram desencorajados a se misturar com a bicharada.

Também foi criada uma regra de que todo animal devia abrir caminho para o gado passar quando se cruzassem pela fazenda. E ficou definido que, aos domingos, o gado teria o privilégio de se enfeitar com um laço verde no rabo.

Foi um ano de sucesso para a fazenda, mas ainda faltava dinheiro. Precisavam comprar tijolos e cimento para a escola, além de economizar para o motor de Belovento; precisavam de dinheiro para instalações elétricas na casa, para o açúcar na mesa de Lampião (que fora proibido para o resto do gado, sob justificativa de evitar sobrepeso) e para todo tipo de ferramentas como pregos, carvão, arames e biscoitos para os cães.

Parte da plantação de aipim foi vendida e o contrato de fornecimento de ovos aumentou para seiscentos por semana, de modo que as galinhas nem conseguiram chocar o suficiente para manter o número total da granja. Rações, reduzidas em julho, foram novamente reduzidas em setembro, e as luzes do estábulo deviam ficar apagadas para economizar energia.

Mas o gado parecia bastante confortável, e até engordara um pouco. Numa tarde de agosto, um cheiro apetitoso, suculento, inédito para a bicharada, saiu da cozinha. Estavam cozinhando cevada. Todos se animaram pensando que teriam um jantar delicioso. Mas não houve jantar e, no domingo seguinte, foi anunciado que apenas o gado tinha permissão de ingerir cevada. Notícias logo vazaram que agora tinham direito a meia caneca de cerveja por dia, sendo que Lampião recebia uma caneca inteira servida na porcelana chinesa.

Embora houvesse dificuldades, tudo era compensado por agora viverem com mais dignidade. Havia mais cantoria, mais discursos e mais desfiles. Lampião ordenava semanalmente o que apelidava de "Demonstrações Espontâneas" para celebrar os triunfos da Fazenda dos Bichos.

Em um determinado momento, a bicharada deixava o trabalho e marchava pelo pátio, com o gado à frente, depois os cavalos, os porcos, as cabras e então as aves. Os cães escoltavam a procissão e, antes de todos, marchava o galo negro de Lampião. Maguila e Olívia sempre carregavam a bandeira verde com a ferradura e o chifre e a mensagem "Vida longa ao camarada Lampião". Logo após, eram recitados poemas em homenagem a Lampião, Armínia discursava sobre os aumentos na produção de cereais e, às vezes, havia um tiro comemorativo de espingarda.

Os leitões eram os mais animados com as Demonstrações Espontâneas e, se alguém reclamasse (o que acontecia às vezes, longe dos ouvidos do gado), começavam a guinchar "quatro pernas bom, duas pernas ruim!" Mas em geral os animais gostavam das celebrações. Encontravam conforto na lembrança de que, acima de tudo, eram seus próprios patrões. Tanto que conseguiam esquecer um pouco da fome às vezes, com tanta música, desfile, estatísticas e tiros de espingarda.

Em outubro, a Fazenda dos Bichos foi proclamada República e era necessário eleger um presidente. Só houve um candidato, Lampião, e foi eleito por unanimidade. No mesmo dia, divulgaram novos documentos com conspirações de Maria Bonita e Seu Miguel. Parecia agora que ela não tentara apenas sabotar a Batalha do Estábulo, como todos pensavam, mas que realmente lutara a favor de Miguel. Fora ela quem liderara os animais humanos e ainda gritara "Vida longa à humanidade" no momento do ataque. O ferimento nas costas de Maria Bonita, que os animais se lembravam de ter visto, eram resultado de uma mordida de Lampião.

Na metade do verão, o papagaio Beethoven apareceu na fazenda após anos de sumiço. Continuava igual, nunca trabalhava e insistia na existência do país Pão de Açúcar. Ele subia na varanda, batia as asas e falava por horas para quem quisesse ouvir:

– Lá em cima, camaradas – dizia solenemente apontando o céu com seu bico. – Lá em cima, logo após a nuvem escura, lá fica o Pão de Açúcar, o país da felicidade onde a bicharada poderá descansar para sempre de seus trabalhos!

Ele inclusive afirmava ter ido lá num voo mais alto e observado os campos de bolos e tortas cheios de açúcar. Muitos animais acreditavam nele. Suas vidas eram de sofrimento, pensavam, porque em outro lugar seriam recompensados. Por que não existiria esse mundo?

Era difícil entender a relação do gado com Beethoven. Diziam que suas histórias sobre Pão de Açúcar eram mentira, mas o deixavam ficar pela fazenda, sem trabalhar, e até beber cerveja.

Após seu casco cicatrizar, Maguila trabalhou ainda mais duro. Na verdade, todos os animais trabalharam como escravos naquele ano. Além do trabalho normal na fazenda e na reconstrução de Belovento, tinham de construir a escola. Mesmo com dificuldades para suportar o trabalho com pouca comida, Maguila nunca mostrava sinais de desgaste. Apenas sua aparência mudara, seu pelo estava menos brilhante e suas pernas mais finas. Alguns diziam "Maguila vai voltar à forma na primavera com o pasto novo", mas ela veio e ele não engordou.

Às vezes, parecia se mover só com sua força de vontade. Já sem muita voz, apenas movimentava os lábios dizendo "vou trabalhar mais duro". Olívia e Nero voltaram a pedir para ele cuidar da saúde, mas não eram ouvidos. Seu décimo segundo aniversário se aproximava. Ele não ligava para o que aconteceria, era essencial transportar uma boa pilha de pedras antes de se aposentar.

Numa noite de verão, bem tarde, correu um boato de que algo acontecera a Maguila. Ele fora sozinho buscar pedras para Belovento. Dois papagaios logo vieram confirmar a notícia:

– Maguila caiu! Está caído no pasto e não consegue se levantar!

Praticamente metade dos animais da fazenda saiu em disparada até o local. Lá estava Maguila jogado ao lado da carroça, seu pescoço travado, não conseguia levantar a cabeça. Seus olhos estavam distantes, suava pelo corpo inteiro. Um fio de sangue corria em sua boca. Olívia caiu de joelhos ao se lado.

– Maguila! O que houve?

– É meu pulmão – disse ele com voz fraca. – Mas não tem problema, vocês conseguem terminar Belovento sem mim. Eu já trouxe pedra suficiente para cá. Só iria trabalhar mais um mês mesmo. Para falar a verdade, eu estava ansioso para me aposentar. E talvez, como o burro Nero também está velhinho, vão deixá-lo se aposentar comigo e me fazer companhia.

– Precisamos chamar ajuda logo – disse Olívia. – Alguém corre para avisar Armínia.

Toda bicharada correu para chamá-la. Apenas Olívia e Nero ficaram com Maguila e, mudos, espantavam moscas de cima do amigo. Após quinze minutos, Armínia apareceu cheia de preocupação. Disse que o camarada Lampião ficara profundamente preocupado com a sorte de um dos trabalhadores mais leais da fazenda, e já estava providenciando que ele fosse tratado em um hospital de Chapecó.

A bicharada ficou preocupada. Exceto por Damyris e Maria Bonita, nenhum outro animal jamais saíra da fazenda, e eles não gostavam da ideia de ver seu amigo doente ser tratado por mãos humanas. Entretanto, Armínia os convenceu com facilidade de que a veterinária de Chapecó cuidaria bem melhor de Maguila do que conseguiriam fazer ali na fazenda. Meia hora depois, Maguila conseguiu se levantar com dificuldades e foi mancando até o estábulo, onde Olívia e Nero tinham preparado uma boa cama de palha para ele.

Maguila não saiu de lá nos dois dias seguintes. Olívia lhe dava duas vezes ao dia um medicamento rosa enviado pelo gado. À noite, ela ficava com ele conversando e Nero afastava as moscas. Maguila afirmava estar tranquilo. Deveria se recuperar logo e viver mais três anos, e ficava feliz em se imaginar aposentado. Teria finalmente tempo para estudar. Sua meta de vida, dizia, era aprender as vinte e duas letras que faltavam no alfabeto.

Contudo, Nero e Olívia só podiam ver Maguila após o expediente. E foi no meio do dia que um caminhão chegou para buscá-lo. A bicharada estava toda trabalhando, liderada por uma vaca, quando viram Nero descer galopando o pasto e berrando. Era a primeira vez que o viam assim alterado – na verdade, era a primeira vez que alguém o via galopar.

– Rápido, rápido! – gritava ele. – Venham logo! Estão levando Maguila embora!

Sem esperar reação da vaca, a bicharada saiu correndo para as instalações da fazenda. Sim, no meio do pátio havia um caminhão fechado, com um motorista mal-encarado na cabine. A baia de Maguila estava vazia. Os animais rodearam o caminhão.

– Tchau, Maguila! – gritavam em coro.

– Seus idiotas! – berrava Nero, batendo os cascos no chão. – Seus burros! Não veem o que está escrito no caminhão?

Um silêncio tomou conta dos animais. Lupi começou a soletrar lentamente, mas Nero a empurrou de lado e leu:

– "Zé da Mata, o seu abatedouro de Chapecó". Não perceberam? Vão levar o Maguila para um matadouro!

Gritos de horror de toda bicharada. Nesse momento, o caminhão começou a andar. Os animais o seguiram, em prantos. Olívia foi à frente. O caminhão ganhou velocidade. Olívia tentou galopar a plenos pulmões, gritava "Maguila! Maguila!"

Nesse momento, a cabeça de Maguila apareceu em uma abertura do caminhão.

– Maguila! – gritou ela desesperada. – Saia daí, Maguila, saia!

Mas o caminhão ganhou velocidade e foi se afastando. Não dava para saber se Maguila ouviu Olívia, mas no momento seguinte houve uma tremenda batida dentro do caminhão. Ele dava coices na porta. Já fora o tempo em que um coice dele conseguiria abrir o caminhão. Infelizmente, ele não conseguiu. As batidas foram ficando fracas e pararam.

Os animais pensaram em tentar fechar a porteira, mas não houve tempo e o caminhão desapareceu na rodovia. Maguila nunca mais foi visto.

Três dias depois, veio o anúncio de sua morte em um hospital de Chapecó, mesmo após ter recebido todo o tratamento necessário. Armínia explicou que esteve ao lado de Maguila em seus últimos momentos:

– Foi a cena mais emocionante que já vi! – disse ela, limpando uma lágrima. – Fiquei ao lado de sua cama até o fim. Nos últimos instantes, quase sem forças para falar, ele me sussurrou no ouvido que sua única tristeza foi não ter terminado Belovento. "Avante, camaradas", ele me falou. "Avante em nome da Libertação. Vida longa à Fazenda dos Bichos! Vida longa ao camarada Lampião! Lampião está sempre certo". Essas foram suas últimas palavras.

Aqui, a expressão de Armínia mudou de repente. Ficou em silêncio por um momento e lançou olhares investigadores para todos antes de continuar. Chegara até ela, disse, uma fofoca maluca durante o transporte de Maguila. Alguns animais teriam lido no caminhão a palavra "abatedouro" e logo assumido que ele seria executado. Era quase inacreditável, disse Armínia, que algum animal podia ser tão idiota. Certamente, ela gritava com indignação, balançando o rabo, conheciam bem seu amado Líder, camarada Lampião, não? A explicação era simples: o caminhão fora recentemente comprado pela veterinária, ela só não tinha apagado o nome do antigo dono.

Os animais ficaram absurdamente aliviados ao ouvir isso. E as últimas desconfianças desapareceram ao ouvirem a descrição de Armínia sobre os últimos momentos de Maguila, todo o tratamento que recebera, os remédios caros pagos por Lampião sem olhar o preço. E a tristeza pela morte do amigo foi reduzida ao saberem que ele morrera feliz.

O próprio Lampião aparecera na Reunião do domingo seguinte e fez uma oração em homenagem a Maguila. Não fora possível, disse, trazer o corpo do camarada para ser enterrado na fazenda, mas ele encomendara uma grande coroa de louros para ser colocada em seu túmulo. Também anunciou que, em alguns dias, o gado daria um banquete em honra a Maguila e terminou seu discurso com os dois famosos lemas do falecido amigo, "vou trabalhar mais duro" e "Camarada Lampião está sempre certo" – lemas que todo animal deveria adotar para si mesmo, afirmou.

No dia marcado para o banquete, uma caminhonete chegou de Chapecó trazendo uma grande caixa de madeira. Naquela noite, houve sons de cantorias seguidos de violentas discussões e, pelas onze horas, barulhos de vidro quebrando. Ninguém se levantou da casa até a tarde do dia seguinte, e correu o boato que o gado conseguira dinheiro para comprar mais cachaça.

CAPÍTULO 10.

Os anos passaram. As estações iam e vinham, as vidas curtas dos animais voavam. Chegou um tempo em que ninguém mais se lembrava dos dias antes da Libertação, exceto Olívia, Nero, Beethoven e parte do gado.

Lupi morrera; Baleia, Marujo e Magrão morreram. Seu Miguel também morrera – este num asilo de Xanxerê. Maria Bonita foi esquecida. Maguila foi esquecido, exceto pelos poucos que o haviam conhecido. Olívia era uma égua velha agora, com dores nas juntas e catarata. Já passara dois anos da aposentadoria, mas na verdade nenhum animal conseguiu se aposentar. A ideia de separar um pasto para animais idosos fora abandonada fazia tempo.

Lampião era agora um boi idoso. Armínia também. Apenas Nero se mantinha como sempre fora, exceto por alguns pelos grisalhos e, desde a morte de Maguila, um humor mais sombrio.

Havia muito mais bichos na fazenda agora, embora não fosse o aumento desejado anos antes. Para muitos dos novos animais, a Libertação era apenas uma tradição, uma história passada de geração em geração. Vários nunca tinham nem ouvido falar.

A fazenda possuía três cavalos agora além de Olívia. Eles eram trabalhadores e bons camaradas, mas bastante ignorantes. Nenhum conseguia se alfabetizar, nem passar da letra B. Aceitavam tudo o que ouviam sobre a Libertação e os princípios do Animalismo, especialmente vindo de Olívia, a quem respeitavam como uma mãe. Mas não se sabia se entendiam algo de verdade.

A fazenda prosperara e estava melhor organizada agora; até mesmo aumentara quando alguns lotes foram comprados de

Seu Moacir. Belovento havia sido finalmente finalizada e a fazenda tinha várias máquinas e instalações novas. Trampf comprara um carro novo. A torre eólica, porém, ainda não gerava energia, era apenas usada mecanicamente como apoio para moer cereais, o que era já dava um bom lucro.

Os animais se esforçavam em construir outra torre. Essa, sim, quando finalizada, geraria eletricidade. Mas os luxos sonhados uma vez por Maria Bonita (água quente, luz nas baias, ventiladores, folgas extras na semana) nem eram mais mencionados. Lampião declarara tudo isso contrário ao espírito do Animalismo. A verdadeira felicidade, dizia, estava em trabalhar duro e viver sem luxo.

De alguma maneira, a fazenda parecia ter enriquecido sem enriquecer os animais, exceto pelo gado e pelos cães. Talvez porque fossem em menor número. Não é que não trabalhavam, apenas faziam isso a sua maneira. Como Armínia, nunca cansada de dar explicações ou com seu trabalho sem fim de organizar e supervisionar a fazenda. Muito desse trabalho era de um tipo que o resto da bicharada tinha dificuldade de entender. Por exemplo, Armínia explicava que o gado trabalhava duramente todo dia com coisas chamadas de "contratos", "relatórios", "redes sociais", "mensagens". Eram grandes pedaços de informação que precisavam ser bastante analisadas, era essencial ao bom funcionamento da fazenda, dizia Armínia. Ainda assim, nem o gado nem os cães produziam comida com seu trabalho; e eram em grande número, e tinham sempre grande apetite também.

Os demais, até onde sabiam, continuavam com a mesma vida de sempre. Estavam geralmente com fome, dormiam no feno, bebiam do açude, trabalhavam no campo; no inverno, sofriam com o frio; no verão, com as moscas. Às vezes, os mais velhos tentavam recordar se, nos primeiros dias da Libertação, as coisas haviam sido melhores. Mas a memória falhava. Não conseguiam uma base de comparação, não tinham nada além dos gráficos apresentados por Armínia, que sempre mostravam como a situação melhorava continuamente.

A bicharada tratava o problema como indecifrável, mas tinha pouco tempo para fazer especulações. Apenas o velho burro Nero dizia se lembrar com detalhes de sua longa vida e que esta nunca fora pior ou melhor e nem seria, pois era uma lei inalterável da vida a existência da fome, do trabalho duro e de desapontamentos.

Ainda assim, a bicharada nunca perdia a esperança. E mais: nunca perdia, nem por um instante, o senso de honra e privilégio por ser da Fazenda dos Bichos. Continuavam sendo a única fazenda na região – e no Brasil todo! – governada e de propriedade dos animais. Nem um deles, nem os mais novos, nem mesmo os vindos de outras fazendas, jamais deixou de se maravilhar com essa ideia. E quando viam o tiro de espingarda e a bandeira verde tremulando, seus corações aceleravam de orgulho e a conversa tomava o rumo dos dias heroicos, da expulsão de Seu Miguel, da redação dos Sete Mandamentos, das grandes vitórias nas batalhas contra os humanos.

Nenhum dos antigos sonhos foi abandonado. A República dos Bichos, que fora uma profecia de Papa Juca sobre um tempo quando todo o campo estaria livre de humanos, continuava sendo uma esperança de todos. Esse dia chegaria; podia não ser tão cedo, mas estava chegando.

Mesmo a melodia de "Bicharada do Brasil" era murmurada aqui e ali secretamente. De fato, todos ainda sabiam cantá-la, mas ninguém se atrevia a cantar em voz alta.

Admitia-se que a vida era dura e nem todos os sonhos seriam realizados, mas tinham consciência de viverem diferentemente dos outros animais. Se tinham fome, não era por ter de alimentar humanos opressores; se trabalhavam muito, era só para eles mesmos. Nenhum deles andava sobre duas pernas. Nenhum deles era chamado de "Mestre". Todos os animais eram iguais.

Um dia, no início do verão, Armínia chamou os porcos e os levou ao outro lado da fazenda, que estava infestado de ervas daninhas. Passaram o dia lá limpando terreno sob supervisão dela. À noite, só Armínia retornou, mandando os porcos continuarem lá. E acabaram ficando lá a semana inteira. Armínia passando a maior parte do dia com eles. Dizia estar ensinando uma nova música aos porcos e precisavam de privacidade.

Pouco tempo após a volta dos porcos, em uma noite agradável, quando a bicharada voltava do expediente, um cavalo relinchava desesperado no pátio. Era a voz de Olívia. Assustados, os animais correram para lá e viram o que ela observava. Um bovino andando e se equilibrando sobre duas pernas.

Sim, era Armínia. Um pouco desengonçada, parecendo não muito acostumada a suportar o peso todo nessa posição, ela desfilava pelo pátio. E, momentos depois, saiu o resto do gado da casa também andando sobre duas pernas. Uns melhores que outros, alguns pareciam precisar de bengala como apoio, mas todos conseguiram dar a volta no pátio. Por fim, após latidos dos cães e uma cantoria do galo negro, saiu Lampião majestosamente ereto, lançando olhares atravessados para os lados. Caminhava carregando um chicote e rodeado dos cães em festa.

Houve um silêncio mortal. Aterrorizados, embasbacados, apertando-se uns aos outros, os animais viam o desfile do gado pelo pátio. O mundo parecia ter virado do avesso. Então o choque passou e, a despeito de tudo, do terror com os cães e do hábito de nunca reclamar nem criticar, a bicharada ia começar um protesto. Mas justo no momento, como se obedecendo a um sinal, todos os porcos explodiram em guinchos de:

– Quatro pernas bom, duas pernas MELHOR! Quatro pernas bom, duas pernas MELHOR! Quatro pernas bom, duas pernas MELHOR!

Continuaram os berros por cinco minutos. Quando os porcos se aquietaram, o embalo de iniciar um protesto tinha passado e o gado já voltara para dentro da casa.

Nero sentiu uma ofegada em seu cangote. Olhou para trás. Era Olívia. Seus velhos olhos estavam mais fracos. Sem dizer nada, ela o puxou delicadamente pela crina e o guiou ao fundo do celeiro, onde estavam escritos os Sete Mandamentos. Por uns minutos, os dois miraram a parede com letras brancas.

– Minha visão está falhando – disse ela finalmente. – Mesmo quando era mais jovem, não conseguia ler esses escritos. Mas eles me parecem diferentes. Os Sete Mandamentos são os mesmos de antigamente, Nero?

Pela primeira vez, Nero aceitou quebrar sua regra e leu alto o que estava escrito na parede. Não havia nada além de um único Mandamento, que dizia: TODOS OS ANIMAIS SÃO IGUAIS, MAS ALGUNS ANIMAIS SÃO MAIS IGUAIS QUE OUTROS.

Depois disso, não era mais de se estranhar o gado passando a usar chicotes para supervisionar o trabalho da bicharada. Não era estranho o gado usando smartphones chineses e navegando em redes sociais. Não pareceu estranho quando Lampião começou a ser visto fumando charuto e quando o gado começou a usar as roupas de Seu Miguel (Lampião usava terno e gravata e sua vaca preferida aparecia em um vestido de seda que Celina, a esposa de Seu Miguel, usava aos domingos antigamente).

Uma semana depois, num início de tarde, vários carros apareceram na fazenda. Uma delegação de fazendeiros vizinhos havia sido convidada a uma inspeção. Foram apresentados a toda a fazenda e expressavam grande admiração por tudo o que viam, especialmente Belovento. Os animais estavam semeando o campo. Trabalhavam com seriedade sem levantar a cabeça, sem saber se tinham mais medo do gado ou dos visitantes humanos.

Naquela noite, ouviam-se altas gargalhadas e muita cantoria saindo da casa. De repente, ao perceberem as vozes misturadas, a bicharada ficou curiosa. O que poderia estar acontecendo lá dentro agora que, pela primeira vez, animais e humanos se reuniam como iguais? Com alguns sinais, saíram todos em silêncio para espiar a casa.

Hesitaram no portão temerosos, mas Olívia os liderou e entraram. Na ponta dos pés, se aproximaram das janelas e os mais altos espiaram a sala de jantar. Lá, em uma grande mesa, estavam sentados meia dúzia de humanos e meia dúzia dos bois mais importantes, Lampião mesmo ocupava o lugar de honra na ponta. O gado parecia completamente confortável em suas cadeiras. O grupo jogava cartas e brindava. Uma grande garrafa circulava e canecas eram enchidas de cerveja. Ninguém notava as faces dos animais que observavam pela janela.

Seu Moacir, da Fazenda Aurora, havia se levantado com a caneca na mão. Em alguns instantes, avisava, ele pediria um brinde. Mas antes precisava dizer algumas coisas.

Era uma grande satisfação para ele, dizia – satisfação para ele e para os demais certamente –, perceber que o longo período de mal-entendidos e desconfianças havia terminado. Houve um tempo – não que ele ou outros ali presentes tivessem partilhado desses sentimentos –, houve sim um tempo em que os respeitáveis proprietários da Fazenda dos Bichos eram vistos com, não diria hostilidade, mas talvez com um misto de menosprezo pelos vizinhos humanos. Infelizmente, ocorreram incidentes, mas tudo baseado em ideias erradas. Achavam que a existência de uma fazenda operada pelo gado era algo anormal e que traria consequências ruins para a região. Muitos fazendeiros pensavam que, sem nem investigar, na fazenda reinaria a indisciplina e a baixaria. Haviam ficado nervosos com os efeitos disso em seus animais ou seus próprios empregados.

Todas as dúvidas agora caíam por terra. Hoje, ele e seus amigos haviam visitado e inspecionado com seus próprios olhos a Fazenda dos Bichos, e o que encontraram? Não apenas os métodos mais modernos, como também disciplina e ordem que deveriam ser um exemplo para todas as fazendas. Ele podia afirmar com certeza que os animais mais baixos da Fazenda dos Bichos trabalhavam mais e ganhavam menos comida que qualquer outro animal de Chapecó. Inclusive, ele e seus amigos viram diversas práticas que passariam a utilizar imediatamente em suas fazendas.

Terminaria seu discurso, disse, enfatizando os sentimentos de amizade que perduravam, e deveriam perdurar, entre a

Fazenda dos Bichos e toda a vizinhança. Entre o gado e os seres humanos não havia, e não deveria nunca haver, nenhum embate. Os objetivos e dificuldades dos dois grupos eram os mesmos. O problema do trabalho não era o mesmo para todos? Aqui ficou claro que Seu Moacir ia fazer uma piada ensaiada sobre os amigos, mas ficou muito emocionado para continuar. Após engasgar-se um pouco, no que ficou roxo dando risada sozinho, conseguiu falar:

– Se vocês têm animais de níveis mais baixos para lidar – disse ele –, nós temos as nossas classes baixas também!

Essa piada levou a mesa ao delírio e Seu Moacir, novamente, parabenizou o gado pela pouca ração, pelas longas horas de trabalho e pela ausência de luxos que observara na Fazenda dos Bichos.

E então, finalmente, ele pediu para que o grupo se levantasse e se certificasse de encherem os copos.

– Senhores – concluiu Seu Moacir. – Senhores, um brinde à prosperidade da Fazenda dos Bichos!

Saudações entusiasmadas e batidas na mesa e no chão tomaram a sala. Lampião estava tão agradecido que se levantou, deu a volta na mesa e foi bater seu copo com o de Seu Moacir antes de esvaziá-lo. Quando o grupo se acalmou, Lampião, que se mantinha em pé, disse também ter umas palavras a dizer.

Como todos os discursos de Lampião, foi curto e direto ao ponto. Ele também, disse, estava feliz que o período de conflitos terminara. Por um longo tempo circularam fake news (vindas, acreditava, de algum inimigo), de que eles eram subversivos e revolucionários. Foram acusados de incentivar libertações de bichos nas fazendas vizinhas. Tudo fake news! O único desejo deles, tanto agora quanto antes, era viver em paz e fechar negócios normalmente com seus vizinhos. Essa fazenda, que ele tinha a honra de comandar, era uma cooperativa. A posse era compartilhada por todo o gado.

Ele não acreditava, continuou, que nenhuma das antigas suspeitas continuava viva, mas algumas mudanças seriam feitas na rotina da fazenda para trazer ainda mais confiança. Até ali, os animais tinham a péssima mania de se chamar de camaradas. Isso seria proibido. Também tinham um costume estranho, de origem desconhecida, de marchar todo domingo atrás de uma caveira de touro. Isso também seria proibido, a caveira até já fora enterrada. Seus visitantes deviam ter observado também que a bandeira verde tremulando já não tinha a ferradura e o chifre, seria apenas um pano verde dali em diante.

Ele só tinha uma crítica, afirmou, em relação ao excelente e amistoso discurso de Seu Moacir. Ele se referia ao nome Fazenda dos Bichos. Claro que não tinha como ele saber – pois Lampião anunciava pela primeira vez ali – mas o nome "Fazenda dos Bichos" seria extinto. A partir dali o nome seria "Fazenda Iporã", que ele acreditava ser o nome original.

– Senhores – concluiu Lampião. – Vou pedir um brinde igual ao anterior, mas de um jeito diferente. Encham suas canecas até o topo. Senhores, brindemos à prosperidade da Fazenda Iporã!

Houve a mesma celebração animada de antes e as canecas foram esvaziadas em segundos. Enquanto a bicharada espiava pela janela, sentiam uma coisa estranha acontecendo. O que estava diferente no rosto do gado? Os olhos embaçados de Olívia tentavam focar nas faces de cada boi. Alguns tinham cinco queixos, outros quatro, outros três. Mas como podiam parecer mudar e se dissolver assim? Então, ao final dos aplausos, o grupo continuou seu jogo de cartas e a bicharada do lado de fora foi embora em silêncio.

Mas não caminharam nem vinte metros e logo pararam. Uma grande discussão vinha da casa. Eles correram de volta para espiar pela janela. Sim, uma briga violenta acontecia. Muitos berros, batidas nas mesas, olhares feios, negativas furiosas. A causa parecia ser que tanto Lampião quanto Seu Moacir haviam jogado ao mesmo tempo um ás de espadas.

Doze vozes raivosas gritavam e eram todas parecidas. Agora não havia dúvida sobre o que acontecera ao rosto do gado. A bicharada espiava olhando do gado para os humanos, dos humanos para o gado e do gado para os humanos de novo; mas já era impossível dizer quem era quem.

Dedico este livro à memória dos mais de...

... 59.550 frangos, 2.811 patos, 1.413 porcos, 1.141 coelhos, 669 gansos, 602 perus, 523 ovelhas, 427 cabras, 291 bois, 69 roedores, 59 pombos/pássaros, 25 búfalos, 5 cavalos, 3 burros, 3 camelos e 944.286 peixes...

... mortos* somente nos 30 segundos que você gastou lendo esta dedicatória.

---

* mortos globalmente pela indústria da carne, leite e ovos segundo o www.thevegancalculator.com/animal-slaughter/

editoraletramento
editoraletramento.com.br
editoraletramento
company/grupoeditorialletramento
grupoletramento
contato@editoraletramento.com.br

editoracasadodireito.com
casadodireitoed
casadodireito